男どき女どき

向田邦子著

新潮社版

3406

目次

Ⅳ

男どき女どき

時の間にも、男時《おどき》・女時《めどき》とてあるべし（「風姿花伝」）

I

鮒《ふな》

「あ、誰か来た」

呟《つぶや》いたのは長女の真弓である。

「いま台所のドアが開いた。間違いなし」

わが娘ながら、塩村は真弓のこういうところが気に入らない。ピアノの教師に音感がいいとおだてられ、さ来年は音楽専門の大学へ入ると言い出してからは、ことあるごとに自分の耳のいいのをひけらかす。一軒おいた隣りの目覚時計《めざまし》の鳴りっぱなしが聞えたの、石焼芋の売り子の声が変ったのと言い、塩村が聞えない判《わか》らないと言おうものなら父親を音痴扱いにする。

見下《みくだ》されると依怙地《いこじ》になって、

「誰も来やしないよ。そら耳だろ」

と言いたくなる。その日は珍しく女房の三輪子も塩村の肩をもった。

「誰か来りゃ声がするわよ」

三輪子にしてみれば、たまさかの日曜日である。いつもゴルフだなんだとうちをあける塩村が小雨模様のせいか珍しくうちにいて、十一になる長男の守も加わって家族四人、水入らずで朝昼兼帯の食事が終ったところである。別に何がおかしいわけでもなかったが、笑い声もまじって話がはずんでいた。せっかく興《きょう》にのったはなしを中断して台所を覗《のぞ》くのは勿体《もったい》なかったのかも知れない。

「真弓、お前耳が悪いんじゃないのか」

「耳が悪いのはパパでしょ。笑う声だってひとりだけ音程外れてるんだから」

「笑い声に音程があるかい」

「あるわよ」

真弓はプクンとした顔立ちで、あだ名を焼売《シュウマイ》と呼ばれているが、ムキになるとすこし三白眼になるところは母親の三輪子そっくりである。

「嘘《うそ》だと思ったら笑ってごらんなさいよ。パパだけ外れるから」

釣り込まれて笑いかけ、気がついて、おかしくもないのに笑えるかと威張ったのがおかしいと、残りの三人が笑い声を立てた。日頃無口であまり笑わない守も笑った。

一番大きな声で楽しそうに笑ったのは三輪子である。塩村も笑い、音楽のことは判らないが、日曜の昼、家族四人水入らずで笑い声を立てるのはどんな合唱よりもいいなあと思った。

四十二の厄年というのに、このところ塩村はついていた。サラリーマンだから、急にどうこうはないが、この春の異動で直属の上司が専務になった。建売だが家のローンもう一息である。血圧も正常、胃の調子もいい。ゴルフのパットもきまっている。

「蝸牛《かたつむり》枝に這《は》い、神、そらに知ろしめす、すべて世はこともなし」

あれはブラウニングだったか、猫額大の庭のせいかここ何年も蝸牛を見ていない。

真弓がまた呟いた。

「あ、泥棒……」

台所に人がいる、という。

声をひそめて、

「いまドア閉めて出ていった」

「しつこいな、お前は」

そんなに気になるんなら立って見てこいよ、と塩村は言い、三輪子も、

「台所になんか持ってくもの無いわよ。入るだけ損するんじゃないの」

笑いながら席を立った。台所をのぞいて、あ、と言い、けげんそうな顔で振り向い

た。

「どうした。なんか盗《と》られたのか」

「盗られたんじゃないの。増えてるんですよ」

勝手口に近い土間に、プラスチックのバケツが置いてあり、なかに十五センチほどの鮒《ふな》が一匹入っていた。

「どういうことなんだ、これは」

塩村は大きな声で言った。

「守、お前じゃないのか。友達と約束でもしてあったんじゃないのか」

守は、バケツのなかの魚をのぞき込みながら、ぼく、知らないと首を振った。三輪子も真弓も覚えがないという。

「おかしいじゃないか。みんな覚えがないものが、どうしてここに居るんだ。鮒がひとりで歩いてきたのか」

知らず知らずのうちに、大きな声でどなっていた。女房も長女も長男も、狐《きつね》につままれたような顔でポカンとしている。

「判った！」

三輪子が叫んだ。

「パパよ、これ」

塩村は心臓を金鎚《かなづち》でブン殴られたかと思った。

「おい、なに言ってンだ」

「落着いて、胸に手あててよく考えてごらんなさいよ」

塩村は、ほっぺたのあたりが引きつるのが判った。

「釣自慢の人のこと、けなさなかった？　そんな大きな鮒が釣れる筈《はず》ないって。その人、口惜《くや》しかったのよ。それで、釣れたの、わざと黙って置いてったのよ」

塩村はほっとした。

よかった。やっぱり三輪子はカンづいてはいないのだ。だが、ここで相好を崩してはいけない。わざと仏頂面《ぶっちょうづら》をして首をひねった。

「おれの友達に釣なんかする奴《やつ》、いないよ」

「じゃあパパも覚えないの」

「おれが覚えあるわけないだろ。なに言ってんだ」

また語調が不自然に強くなった。

「よくポストに一万円札がほうり込まれてたってはなし聞くけど、鮒ってのは聞いたことないわねえ」

三輪子は、薄気味悪そうに塩村の顔をみて、

「警察に届けたほうがいいんじゃないかしら」

「警察だって困るだろ。第一、金じゃないんだから」

警察沙汰《ざた》にはしたくなかった。まさか新聞沙汰にはなるまいが、ことを大きくしたくなかった。

「でもパパこれは一種の遺失物でしょ。猫ババはまずいんじゃないの」

真弓はこの頃理屈っぽい。

「遺失物でもあるけど、家宅侵入罪も成立するんじゃないか」

塩村も屁理屈《へりくつ》で頑張った。とにかく警察は困るのだ。

「相手は鮒よ。パパも大げさねえ」

三輪子が笑った。

女房の笑いに塩村はすこしほっとした。

「どこかへ放流してこいよ」

お駄賃はパパが出そうと言いかけたとき、さっきから指の先を水の中に入れて鮒をかまっていた守が、ぼくが飼うと言い出した。新しいローラースケートはいらないか

ら、飼ってもいいでしょ、とバケツを抱え込んだ。普段は口数がすくないが、言い出したら引かないところがある。犬もいけない猫も駄目、伝書鳩《ばと》もうちを汚すといけないづくしだったが、鮒を飼っていけない理由はすぐには考えつかなかった。真弓は気持が悪いから嫌だと反対し、女房も割り切れない顔だったが、抱え込んだが勝ちで、鮒は守が飼うことになってしまった。

もっと大きい容器を、と三人は物置きをのぞきにいった。ひとりになって塩村はほっとして、詰めていた息をついた。

間違いない。これは鮒吉だ。顔に見覚えがある、というほどではないが、背びれの真中が裂けたようになっている。一年見ない間にこんなに大きく分厚くなるものだろうか。それにしても、あの女は何だってこんなことをしたんだろう。

女の名前はツユ子である。

年は三十五で、いったん嫁いだが不縁になり、親戚《しんせき》すじにあたる池袋の小料理屋の手伝いをしていたとき、塩村と知り合った。

酒のあまり強くない塩村が悪酔いして粗相をした。後始末をしてくれた礼にハンドバッグを買って贈り、二、三度逢《あ》っているうちにひょんなことになってしまった。

ツユ子は格別美人でもなく、からだつきも痩《や》せて貧弱だったが、喜び上手というのか、小さなことでも心に沁《し》みる喜びかたをした。つまらない世間ばなしはおしゃべりだったが、嬉《うれ》しい悲しいは口にしないで、からだでものを言った。塩村は背中に爪《つめ》を立てられ、夏場なので家族の目からかくすのに汗をかいたことがある。

気がついたら、週に一度ツユ子のアパートに通う習慣がついていた。鮒を飼うようになったのは、そのころである。

子供が釣った鮒を汚れたドブ川に捨てようとしているところを、通りかかったツユ子が貰《もら》いうけたのだ。洗剤の泡の浮いている川に捨てるのは殺すことよ、おばさんに頂戴《ちょうだい》といってもらってきたのだといい、大きな熱帯魚用の水槽を買ってきて飼いはじめた。

霞《かすみ》ケ浦《うら》で生れ育ったというだけあって飼い方もよく判っていた。

「なんだか見られているような気がするなあ」

六畳に三畳の安アパートである。

布団《ふとん》を敷いた頭の上に水槽があった。

「大丈夫よ。魚は近眼だから」

本当かどうか知らないがツユ子はそう言って朝顔のツルが竹にからみつくように塩

村にまといついた。

「ずうっと一人なら平気なの。二人の味、忘れていたのに思い出してしまったでしょ。あなたのこないときは、部屋のなかに生きて動いているものがないと寂しくて仕方がないのよ」

鮒吉と名づけて、飯粒を落してやったりしていた。

別れたのは、ツユ子を嫌いになったからではないし、ほんの小遣い程度の手当てを惜しんだためでもなかった。家庭をこわしたくなかったためである。もともと女房に不満があってこうなったわけではない。シンガポールに一月出張したあと、大腸カタルになってもう一月寝込んだのをしおに、ごく自然に足が遠のいて、一年たったのだ。もともと、先の約束をした仲ではなし、恨まれる筋合いはないと自分に言いきかせ、記憶のなかで遠くへ押しやっていた矢先に、鮒吉を置いてゆかれたのである。

恨みなのか怒りなのか腹いせなのか、鮒をほうり込んでいったツユ子の真意はすぐには判りかねた。電話をかけ、一体どういうことだと言うのは判っていたが、そこから深みに堕《お》ちる不安があった。どっちにしてもあのときツユ子に笑い声を聞かれたことだけは間違いない。夫婦と子供二人。声を合せて笑っていた。ツユ子はあの笑い声を何と聞いたであろう。

この鮒だけは飼いたくない。守が飼いたいといい出したとき、事を構えてやめさせればよかった。

今から反対してかえって怪しまれてもいけない。子供のことである。すぐにあきるだろう。それを待って、なるべく早い時期に放流してやろう。

鮒は無表情である。

鯉《こい》のぼりと同じ、まん丸な、黒いビニールを丸く切りぬいて貼《は》りつけたような目をしている。横から見ると威厳があるが、正面からみると、ワンマン宰相の吉田《よしだ》茂《しげる》にそっくりだ。

腹の判らない老獪《ろうかい》な顔をして、アプアプと口をあけしめしている。正面からじっと見つめ、目が合ったと思ったが、記憶はないのか、黒いビニールの目は「あら」でも「よお」でもなく、ツユ子が何を考えてこうしたのか読みとることは出来なかった。

その日曜日は、鮒さわぎで暮れてしまった。

大きい容《い》れものがないというので、守は母親から小遣《い》いの前借りをして近所の金魚屋へ走り、三千五百円もする四角い大型の水槽を買って帰ってきた。水道の水をすぐ使うといけない、半日か一日か日向水《ひなたみず》にするか、ハイポを入れて水質を変えてから使うことも教わってきた。

教えられた通り、水槽に水道の水を入れ、小豆粒ほどの白いハイポを二つほうり込んでまぜてから鮒をうつすと、どういうわけかびっくりするほど大量の糞《ふん》をした。

手帳についている小さな鉛筆ぐらいの丸さのが面白いように出てくる。

「鮒吉、お前、いい度胸してるなあ」

誰もいないと思って呟《つぶや》いたら、うしろに女房が立っていた。

「名前、鮒吉にしたんですか」

といわれて、肝を冷やした。

玄関のベルが鳴って、新聞の集金が来た。朝日新聞は、おとなしい初老の女で、ベルもおっかなびっくり鳴らし、声も小さいのだが、読売新聞は、ベルもこわれるかと思うほど鳴らし声もでっかい。

とりあえずというので下駄《げた》箱の上に水槽を置いてあったが、鮒吉は読売が嫌いらしく、水槽から飛び出さんばかりに跳ねて大暴れをした。

玄関一面に水が飛び散った。すぐ雑巾《ぞうきん》で始末をしたのだが、チーク材で貼った上りかまちの板や壁面がハイポのせいかはげてまだらになってしまった。

合板でいいじゃないですかと業者が言ったのを、玄関先は大切だからと、奮発してチークにしたのにと、塩村は腹が立った。こんな形でツユ子が恨みを晴らしているわけでもないのだが、癪《しゃく》にさわって仕方がない。血圧でも高くなっているのではないか。

鮒は手がかかった。

水がすぐに汚れる。糞の量も多いし、餌《えさ》の食べのこしが腐って水を濁らせてしまう。水が汚れると、鮒吉はくちびるを突き出し、水槽の四隅にコツンコツンとぶつけるようにして、細かいアブクを吸い込んだり出したりする。酸欠状態になるらしい。餌も粒になったのは簡単だが、これは好きでないらしい。指先で練ったのはよく食べるが取っ散らかってすぐ水が汚れてしまう。

守は、「ヘラブナ釣り百科」などという本を買ってきて勉強した。勉強はいいのだが、

「鮒吉はぼくたちと親戚《しんせき》らしいよ」

といって塩村をびっくりさせた。わけを聞けば何でもないことで、魚は足の代りにヒレを持つ脊椎《せきつい》動物で、人類は始めは陸上で脊椎動物の先祖だったわけだから、進化の点では、人間は陸上の四足動物よりも魚に近いということらしい。

そう言われてみると、鮒吉はひどく考え深そうな顔に見える。

「おれはなんでも知っているんだぞ」

と言っているようだ。

カラオケ・バーで恥をかかない用心に、歌詞の本を買ってきて、ツユ子に習い習い、うちでは出来ない八代亜紀の「舟唄《ふなうた》」の練習をしたことも、こいつは知っているのだ。湯上りに一糸まとわぬ素裸で、太極拳《たいきょくけん》の真似《まね》をして、ツユ子を笑わせ、そのままふざけて抱き合ったのも、こいつは見ているのだ。

塩村にとって助かるのは、女房の三輪子がおっとりした性格だということである。鮒《ふな》が来た当座は気にしていたようだが、三日もたつと、縁日で買ってきた金魚と同じような扱いで、格別話題にして蒸し返したりはせず、ごく普通に世話をしている。

徹底的に嫌ったのは長女の真弓で、鮒が来てから、うち中が生臭くなった、と言い、顔をそむけて絶対に鮒を見ようとしなかった。鮒を見ないで、塩村の顔をのぞきこみいやに突っかかる口をきいた。

勤めに出ている間はいいとして、うちにいるとき、茶の間に坐《すわ》っていると、気くたびれがした。特に家族揃《そろ》って食事ということになると、塩村の目はついテレビの横にある鮒吉の水槽を見てしまう。

家族のほかにもう一匹、いやもう一人いるような気がして落着かないのだ。そのせいか水槽の置いてある右の方の首筋が固く凝ってしまった。三輪子は、もみほぐしな

がら、

「水槽の置場所変えましょうか」

「水槽は関係ないよ」

「そうかしら。でも、あなた鮒ばっかり見ているわよ」

痛いと声をあげるほどきつくツボを押えられ飛び上ったこともあった。

塩村はビールがまずくなった。うちへ帰るのが億劫《おっくう》になってきた。

鮒吉の黒いビニールの目玉は、相変らず何を考えているか判《わか》らなかった。三輪子はこれも少し出目金の茶色がかった目玉だが、こっちもなにを考えているかよく判らない。どこかでこっちをうかがっているツユ子の目玉にいたっては、もはや皆目見当もつかないのである。

鮒が来た次の日曜日、塩村は守を誘って散歩に出た。

「知らないとこを、ぶらぶら歩いてみるの嫌いか」

と聞くと、

「嫌いじゃない」

といったので、あとは黙って池袋からバスに乗り、椎名町《しいなまち》で降りた。ツユ子のアパートのある場所である。

どうしてそんなことをしたのか塩村は自分でもうまく説明できなかった。子供を連れて、別れた女のアパートのそばへゆくのがどんなことか判っていた。判っていて、そうしなくてはいられなかった。

守はいつものようにひとことも口を利《き》かず黙って従《つ》いてきた。見覚えのあるスーパーがあり、八百屋魚屋があった。呉服屋の隣りのお茶屋では、一年前と同じように店先で茶を焙《ほう》じるいい匂《にお》いがしていた。傷口に粗塩をつけてもみ込むようなことがしたかった。

ヒリヒリした気持で、通りを歩き、アパートの路地へ来た。四十回だか五十回だか通ったところである。いま、アパートからツユ子が出て来て、出逢いがしらにばったりぶつかったら何と言うつもりだろう。塩村は答がみつからなかった。

一年も通えばアパートの住人のなかには顔なじみも出来ていた。顔を合わさぬように横手へ廻った。二階の奥から二つ目の窓がツユ子の部屋である。

ツユ子は引っ越したらしい。出窓の洗濯物は、明らかに二十代と思われる夫婦と赤んぼうの衣類であった。

塩村は、守が自分と同じようにツユ子の居た部屋の窓に目を向けているのに気がついた。守は素早くソッポを向き、このときも何も言わなかった。

ここまでが限度である。

これ以上は危険なのは判っていたが、塩村はもっと自分をいじめたかった。鮒吉の世話をしてくれている守を連れて、一年前の古戦場を葬《ほうむ》って歩きたかった。そうするのが守に対しての仁義だと思った。ツユ子に対する罪ほろぼしというところもあった。

塩村は、銭湯の一軒おいて隣りの喫茶店に入った。ツユ子と一緒に湯の帰りに必ず寄った店である。

一年前と同じ席に、六十がらみの主人が同じ顔をして、競馬新聞をひろげていた。

塩村を見ると片手を上げ何か言いかけたが、すぐうしろから入ってきた守の姿に黙って手を下した。

塩村は、いつもツユ子と坐っていた席に坐った。主人に聞えるように大きな声で守にたずねた。

「パパはコーヒーだけど、お前は何にする」

「ソーダ水」

主人が、ギクリとした顔で塩村を見た。ツユ子が注文していたのもソーダ水だったからである。

父と子は黙って、コーヒーとソーダ水をのんだ。主人は、競馬新聞をよみふけるふりをしていたが、ちらちらと二人を見ていた。

金を払いながら、塩村がたずねた。

「元気なのかなあ」

あの人は、という主語が抜けているが、その辺は主人にも通じたらしい。

「まあ元気にやってるんじゃないかね」

あれから一年、ツユ子の上にどんな毎日があったのか。一緒に銭湯へ出かけ、帰りにこの店でソーダ水をのむ男が出来たのかどうか。釣りを手渡すと再び競馬新聞に目を落した主人からは何もうかがうことは出来なかった。

ただ、主人の顔から察するに、ツユ子はあまり恨んだりしてはいないという手ごたえはあった。あれはあれで仕方がなかったのだ。ツユ子は、引っ越すとき、ほんの少しの恨みと、「あと飼ってやってくださいね」という気持で、そっとうちへ置いていったのだ。虫がいいはなしだが、そう思いたい。喜び上手は悲しみ上手でもある筈《はず》だ。

その代り鮒吉は大事にしてやるぞ。うんと気をつけて飼い、長生きをさせてやる。もし飼い切れなくなったら、ツユ子の故郷の霞ケ浦へ放してやってもいい。そんなことを塩村は考えた。鮒吉を放すときは、女房や真弓は誘わず、また守と二人だけで出かけよう。
守は帰り道も口を利かなかった。
五つぐらいの時に、野球を見に連れていったことがあった。うちへ帰って、
「守クン。パパとどこへいってきたの」
母親に聞かれたとき、
「テレビ」
と答えて、いまもひとつばなしになっているが、今日は何と答えるのだろう。その
ときもう一度、塩村の傷口は激しくヒリヒリするだろう。そう思いながら、うちへ帰
ったら、鮒吉が浮いていた。
「あんたたちが出かけるとすぐ、水の上に口出して、アップアップするようになった
の。アップアップがアップップ、アップップになったと思ったら、体を斜めにして、
それっきり口を動かさなくなっちゃったのよ」
どうしていいか判らないから、そのままにして待っていた、という母親の説明を聞
いているのかいないのか、守は母親をにらみつけていた。
鮒吉はまん丸い鯉《こい》のぼりの目をして、目をあけたまま浮いていた。のんびりと浮き

身をしているようにみえた。扇面の形に重なった鱗《うろこ》は、まだ褪《あ》せもせず夕焼けの色をしていた。

ピアノの音がやんだと思ったら、真弓が立っていた。

「鮒って、死ぬときも全然音立てないのね。パシャンと水をはねかえして苦しむかと思ったら、全然そんなこともないの」

塩村は、つとめて平気な声で、

「遺言はなかったわけだな」

といって、少し笑った。

哀れだなという気持もあったが、やれやれ、これで解放されたという、ほっとした分量のほうが多かった。霞ケ浦に飛びこんで浮いているツユ子の姿が横切ったが、男の自惚《うぬぼ》れだと自分を嗤《わら》って、隅のほうへ押しやった。

ポツンと守が言った。

「ママ、洗剤かなんか入れたんじゃないの」

「なんてこというの。ママがどうしてそんなことするの。バカなこと言うもんじゃないわよ」

人のいい三輪子の出目金が吊《つ》り上って、三白眼になった。急に普段の声になって、守にたずねた。

「パパとどこへ行ったの」

守は黙って水の中に手を入れて、鮒を突っついた。

鮒は、斜めになったまま、もう魚ではない、別のものになって、浮いたり沈んだりしている。

「ねえ、パパとどこへ行ったの」

守は、もう一度そっと鮒を突ついて水の中に沈めてやると、

「ワン!」

犬の吠《ほ》えるまねをした。

ビリケン

いつ頃からそんな習慣がついたのか、石黒は自分でも思い出せなかった。

馬鹿馬鹿《ばかばか》しいから止《や》めようと思ったこともあるのだが、毎朝やっていることを止めると、よくないことでも起りそうな気がした。縁起をかつぐわけではないが、いつもの通りチラリと視線を走らせてしまう。

四つ角にある小ぢんまりとした果物屋である。朝の早い店で、石黒が出勤する頃にはガラス戸を開け放ち、りんごや夏蜜柑《なつみかん》を並べた台の奥の、一段高くなったところで、主人が新聞をひろげている。

石黒と同じ年格好で、五十をちょっと出たというところであろう。石黒がチラリと見ると、主人も待っていたように新聞から目を上げてジロリと見る。それだけのことだが、石黒が部長となり、ここの社宅に越してすぐだったような気がするから、もう五年も続いている。

こう続くとおかしなもので、たまに姿が見えないと気になった。

「ビリケンの奴《やつ》、どうしたんだろう」

店の奥を覗《のぞ》き込む目になった。

ビリケンというのは、石黒が主人につけたあだ名である。石黒は白髪の家系で、この五年で小鬢《こびん》のあたりが白くなった程度だが、主人ははじめから禿《はげ》で、おまけにてっぺんが尖《とが》っていた。

石黒はビリケンのほうが先だったと思っている。ジロリとこっちを見た視線に、粘りがあった。敵意といってしまうと大袈裟《おおげさ》で別のものになる。反撥《はんぱつ》というのでもない。ちょっと引っかかるわけのわからないもの、といったらいいのか。

どっちにしても石黒は、毎朝、ビリケンをチラリと見て、ビリケンも石黒をジロリと見ないことには一日が始まらなかった。

石黒がその店の前を通るのは八時五分と決っていた。

茶の間の時計が八時を打つのを背中で聞いて家を出る。勤め先までは四十五分あればいいのだから、つんのめってせかせか歩くことはないのだが、石黒はゆっくり歩くということが出来ない。何に追っかけられているのだか自分でも判《わか》らないのだが、たまに散歩に出かけても汗を掻《か》き掻き急ぎ足で歩いてしまう。

「散歩が出来ない人なんだから」

息を切らして追いつきながら女房が恨みごとを言うのだが、こればっかりは、たちだから仕方がない。

冬はいいとして、夏場は駅まで歩くと汗びっしょりになる。ビリケンの店あたりがちょうど中間地点で、石黒はビリケンをチラリと見てからハンカチで汗を拭《ふ》くことにしていた。

こんなことも一度決めると、毎朝その通りにしないと気の済まないたちである。そのためにも、鬱陶《うっとう》しいとは思いながら、ビリケンと目が合わないと、忘れものをしたようで一日落着かなかった。

我ながらどうかしている、と思うほど朝はこだわる癖に、帰りはビリケンが気にならなかった。

派手な部署ではないが、ときどきは夜のつきあいもある。ビリケンのほうも夕方は風呂《ふろ》にでも入っているのか、時間通りに帰れるときに覗いても、店に居ないことが多かった。ビリケンの席に、ビリケンの女房が坐《すわ》っていた。無愛想な亭主とは正反対の陽気そうな女で、美人ではないが客あしらいが上手《うま》そうだった。ビリケンが客の応対をしているのは見たことがなかったが、女房だと客がいた。大きな口をあけて笑いながら、世間ばなしをしているのを見かけたこともある。

女房の代りに、息子が坐っていることもあった。石黒の長男より二つ三つ年上にみえたから、はたちというところだろうか。ビリケンそっくりで、

「あと三十年もたってみろよ。間違いなくビリケンになるな」

石黒はそう言ってうち中を笑わせたことがある。

うち中といったところで、女房と息子がひとりの三人家族である。

五年の間に、石黒のほうには小さな浮き沈みがあった。

越して一年ほどたった頃だったろうか。大学の先輩で専務になったのがいて、妙に石黒を引き立ててくれたことがある。毎晩バーやクラブのお供をして、ハイヤーで帰った。

こういうところをビリケンに見せたかった。酒が強くないので、帰りの車のなかでは舟を漕《こ》ぐことが多かったが、果物屋の角を曲る頃あいになると目をさまし、車の窓からのぞいたが、ビリケンの店は大抵閉っていて、石黒はがっかりした。閉ってないときもあったが、ビリケンは車の中の石黒の姿が見えないのか、そっぽを向いて目を

合わせたことはなかった。

いい思いをしたのも小一年で、専務は派手にやり過ぎたのが裏目に出て思わしくなくなり、石黒はまた五時に退《ひ》けるとあとは週に一度、安いバーで飲んだりするくらいで、真直《まっす》ぐうちに帰る日が多くなった。

弾んでいた頃は、ビリケンが老眼鏡をずらして仔細《しさい》らしい顔で新聞を引っくり返しているのを見ると、

「果物屋のおやじの分際《ぶんざい》で、社説なんかが判るのかよ」

と見下《みくだ》すところがあったが、現金なもので落ち目になると気が弱くなる。

「あいつは停年の心配がないだけいいな」

と思ったこともあった。

毎朝顔を合わせていながら、石黒はビリケンの店で買ったことは一度もなかった。

どちらかといえば亭主関白で、買いものなどは女房任せのほうである。自分で買うのは煙草《たばこ》と週刊誌ぐらいだったが、買いもの好きだとしても、ビリケンの店では買わなかったろう。商売やってるんなら、そっちから会釈《えしゃく》のひとつもしたらどうだというところがあった。

亭主のそういう気分は女房にも伝わるとみえて、石黒の女房も滅多にビリケンの店では買わなかった。

「品数は少ないけど、ものは悪くなさそうよ。値段も良心的だし」

と言いながら、駅前のスーパーで買っていた。

亭主が毎朝、目を合わせていることは知らないが、何となくカンにさわっているという感じは判っているらしかった。

一回だけ例外があった。

休みの日に、夫婦で知り合いの家へ顔を出す用があった。何か手土産でも、と言いながらビリケンの店の前まで来ると、女房が石黒の袖《そで》を引っぱった。

「スーパーより五百円も安いわよ」

メロンのことである。

石黒が返事をしないうちに店に入り、進物用に包んで下さいね、と声をかけていた。

ビリケンは一瞬ポカンとしたが、すぐにいつもの顔にもどり、棚から箱をおろし、包みはじめた。

その手際《てぎわ》の悪いことといったらない。第一、包み紙がひどくお粗末である。

「おい」

石黒は女房を突ついた。よせよ、あの包みかたじゃ値に見えないぞ、と言いたかった。女房はすこし困った顔をしたが、そういうところは気の利《き》くたちである。

「すみません。瓜《うり》を食べるとジンマシンを起す人がいたんだわ、あのお宅」

せっかく包んでいただいたのにすみませんと愛想よく謝った。うまい口実を言うものだと石黒は感心したが、ビリケンはムッとした表情で疳性《かんしょう》に音を立てて包み紙を破いて捨てていた。

気のせいか、それ以来、毎朝の視線もけわしくなったように思えた。

ビリケンが目に見えてしなびてきたのは、ここ半年のことである。

面白味のない顔立ちだったが、色艶《いろつや》だけはいい男だった。若禿の人によくある、油雑巾《ぞうきん》で顔を拭いたように、テカテカしていた。商売もののりんごと同じくらい光っていた。

それがみるみる痩《や》せてきた。

顔色も煤《すす》ぼけてきた。

「ビリケンの奴、どこか悪いんじゃないかなあ」

石黒は女房にそう言った覚えがある。

そのうちに、ビリケンの姿が見えなくなった。

代りに女房か息子が坐っていた。

入院でもしたんじゃないか、と言っていたら、一月ほどで、また店に坐るようになった。

顔もからだも、ひと廻り小さくなっていた。

毎朝の、石黒をジロリと見るときも、目に光がなかった。新聞をひろげてはいるが、ひろげているというだけで、ぼんやりと宙を見ていることもあった。石黒がチラリと見ても、視線を返さなくなってきた。

見るからに大儀そうだったが、それでもビリケンは店番を止めなかった。顔色が黝《くろ》ずんできた。皺《しわ》が寄り、老婆《ろうば》のようにみえた。

「まわりにあるのが果物だけに、やつれが目立つなあ」

「りんごなんかも、ああなることあるわよ。冷蔵庫に入れて、一月ぐらい忘れてると、ビリケンそっくりになるわ」

女房は言い過ぎたと気がついたらしい。

「あなたもいっぺん、ドックに入ったほうがいいんじゃないの」

石黒の医者嫌いをたしなめて立っていったが、女というのは残酷なことを言うものだと思った。

ビリケンの店のまわりにくじら幕がはられたのは、そのすぐあとだった。

茶の間の時計が八時を打つのを背中で聞いて家を出る。時間はたっぷりあるのに、セカセカと前のめりに歩いて、八時五分にビリケンの店の前を通る。前と同じだが、石黒は妙に張り合いをなくしているのに気がついていた。チラリとビリケンを見る楽しみが無くなっている。

ビリケンの代りに、女房が坐っていた。ビリケンそっくりの息子が、父親と同じように新聞をひろげて坐っていたが、別にこっちを見るわけではない。

気に障《さわ》る奴だと思い、鬱陶しいと思いながら、ビリケンと視線を交わすのは、朝の居合抜きのようで、これから一日が始まる、という緊張感があった。

第一ビリケンの視線をやりすごしてから汗を拭くことになっていたのが、この節はキッカケがなくて、妙にモタモタしてしまう。

ひとつ崩れると、いろんなことにガタがくるらしく、あてにしていた停年後の勤め口が望み薄になってきた。

今まで不義理をしていたが、大学時代の同窓会にでも顔を出して、昔のよしみで頭でも下げてみるか。

そんなことを考えていた矢先に、うちから勤め先に電話があった。

どうしても一緒に行って貰《もら》いたいところがあるので、まっすぐ帰ってきて下さいな。押し殺したような女房の声である。

どこへゆくんだ。どうしたんだと聞くと、うちへ帰ってから話しますという。うちへ帰るまでの一時間が待ち切れないので、かまわないから言えと、まわりを気にしながら苛立《いらだ》った声になった。

しばらくためらって、女房が言うところでは、長男が万引をしたという。友達と面白半分に、ビリケンの店でりんごをかっぱらった。それだけならまだ話のつけようもあったらしいが、とがめられ、泡くって逃げるはずみに、買物客の自転車を倒し、ビリケンの店のガラス戸をこわしたというのである。

結婚して五年目に恵まれた一人息子である。成績もいいので安心していたが、大学受験をひかえて、なんという馬鹿《ばか》な真似《まね》をしたのか。選《よ》りに選ってビリケンの店とは。石黒は頭に血がのぼった。

「手ついて謝まるのはあたしひとりでいいようなものだけど、あなたも朝晩顔見てたわけだし、出来たら一緒に行って、お線香の一本も上げて下さいな」

「判った。すぐ帰る」

切ろうとすると、女房の声が押しとどめた。

「空手じゃいけないわねえ。そうかって、果物屋にメロンてわけにはいかないし」

く、く、く、と小さく笑っている。

「最中《もなか》だって羊羹《ようかん》だっていいだろ」

どなりながら、こんなときによく笑えるもんだと、石黒は女の神経が判らなくなった。

「店先じゃなんですから、どうぞ」

ビリケンの女房にうながされて、石黒は、女房と一緒にはじめてビリケンのうちに上った。茶の間に通されたとき、思わず、あ、と声を立ててしまった。

小さな仏壇のまわりは、三方が天井まで本箱である。分厚い本がぎっしりとつまっている。カビ臭い匂《にお》いと、食パンの背中みたいな茶色く焦《こ》げた背表紙からみて、明らかに古本である。それも、初版本、稀覯《きこう》本のたぐいらしい。

石黒のけげんな顔に気がついたらしい。ビリケンの女房は笑いながら言った。

「狭いからいい加減に売って頂戴《ちょうだい》って言ってたんですけどねえ。そのうちそのうちって言いながら、お父さん、到頭売らずじまいで死んじまって」

女房は、黒枠のリボンの曲ったのを直しながら、

「懐《なつか》しかったんでしょうよ。父親の形見だから」

「ご主人のお父さん、先生かなんか」

「古本屋ですよ」

ビリケンの息子が口をはさんだ。

「神田の神保堂です」

神田の神保堂。

石黒は、小さな針がどこかに刺さったような気がした。

子供の頃、ゴム羊羹というのがあった。

ゴムで包んだ中位のソーセージの格好をした羊羹である。頭のところを針で突つくと、面白いようにブルンとむけて、ツルンとした羊羹が飛び出してくる。

石黒にとって、神田の神保堂というひとことは、ゴム羊羹の針であった。

「あなた、その本屋さんご存知なの」

女房は気配で察したらしい。

「知ってるってほどじゃないけど、学生時代に一度や二度、のぞいたような気がするなあ」

そうですか。やっぱり。

ビリケンの女房と息子が声を合せてうなずいている。

「なにかのご縁なのねえ」

意味をもたせた言い方で、女房は石黒の尻《しり》を突つく。線香を上げて拝みなさいよ、という合図である。情に訴えて、長男の罪一等を減じてもらおうという肚《はら》らしい。

石黒は、仏壇の前にすすんで手を合せた。

黒枠のビリケンは、店番をしているときと同じ顔をしていた。面白くもないといった風で、ジロリと石黒を見ていた。

三十年前、石黒は神保堂で万引をして捕まったことがある。

大学の三年のときだった。

水道橋のガード下で梅割りを飲み、勢いのついたところで、二、三人の友達と度胸だめしをやった。生れてはじめてだったが、石黒だけが御用になった。

手にしたのは古ぼけた英和辞典だったが、金を払えばいいんでしょうという態度をしたこともあって、神保堂のあるじはなかなか勘弁してくれなかった。

風の強い寒い晩だった。

神保堂のおやじは、練炭火鉢に手をかざしながら、こういう説教は馴《な》れているらしく、お経のような節《ふし》をつけながらネチネチと同じことばを繰り返した。頭のてっぺんが寒いのか、いろんな色の古い毛糸で編んだ帽子をのせていた。

うちの土瓶敷と同じ編み方だな。怒られながらそう思った記憶がある。

ガラス戸があいて、一人の大学生が入ってきた。からだ中が熱くなるのが判《わか》った。

初犯でもあり、警察に突き出されないだろうと見当がついていた。父親の年のおやじに叱《しか》られているのは、きまりが悪いといっても、まだましだった。

だが同じ年格好の学生に見られたという恥はやり切れなかった。しかも、その学生は、見ただけで、どういう状況か見当がつきそうなものを、遠慮する風もなく奥へ入ってくる。立ちすくむ石黒をジロリと見て、おやじの横から上っていった。このうちの家族なのだ、息子なのだと気がつき、もう一度、恥でからだがほてった。あのときの息子が、ビリケンだったのだ。

石黒が仏前に手を合わせたのと、神保堂を知っていたというのが利いたらしく、長男が起した事件のほうは、穏便にかたがついた。

「いま、神保堂のほうは」

「あの店は人手に渡りました」

ビリケンはひとり息子だった。本来なら店を継ぐ人間だったが、大学卒業をひかえて胸を患《わずら》った。

呼吸器の病気に古本の湿気とゴミは大敵である。ビリケンの父は、ビリケンを転地させ、店は俺一代限りと言ったそうな。

パスが出るか出ないかという時期である。ビリケンは、牛乳と果物で病気を直した。全快したとき、父親はビリケンに、「牛乳屋か果物屋になったらどうだ」と言ったという。

「読んだり書いたりすることが好きな人でした。死ぬ一週間前までちゃんと日記つけてたんですよ」

ビリケンの女房は自慢そうであった。

ビリケンの店からの帰り道、石黒は自分がゆっくりと歩いているのに気がついた。女房は、大したことにならなくてよかったよかったと繰返していたが、石黒の気持は沈んでいた。人は心に重い荷物を提げると、急いで歩けなくなるらしい。

ビリケンは、知っていたのだ。粘る視線で、ジロリと見返したのは、これだったたのか。

女房や息子の口振りでは、ビリケンはそのへんをはっきり言わないで目をつぶったらしい。だが、ビリケンの息子は気になることを言っていた。

「おやじは毎晩、小さな字で、必ず日記をつけてました。納骨が済んだら、ゆっくり読んでみようと思ってます」

日記には書いてあるに違いない。今朝もあの男が、店の前を通った。三十年前、おやじに吊《つる》し上げられていた万引の犯人が。気がとがめるのか、いつも俺の方をチラリと見て通ってゆく――。

石黒の家からビリケンの果物屋までは、離れている。同じ町内ではない。長男一人の万引事件なら、ご内聞にと手をついたことだし、時間が経《た》てば若気の至りで消えるだろう。

だが、いずれビリケンの息子は日記を読む。

父も万引、息子も万引では、笑い者である。

ビリケンの女房の、おしゃべりそうな、よく動く薄い唇が見えてきた。噂《うわさ》がひろまったら、大事《おおごと》である。

石黒は、金にも女にも綺麗《きれい》だった。それだけの度胸がなかったのだが、名刺の肩書が大したことない割に、女房や長男に胸を張ってこられたのは、そこのところが支えだった。

三十年前の万引事件が明るみに出たら、そのつっかえ棒は折れてしまう。息子にしめしがつかなくなる。これから先の二十年か三十年の人生を、女房に見すかされながらおえるのは嫌だった。

思い切ってこの土地を離れよう。石黒はそう決心した。

立川から奥へ入ったところにマンションをみつけ、退職金前借りで手金を打った。大きな買いものをした気疲れで、石黒は足を引きずるように帰ってきた。角までくると、ビリケンの息子が店を閉めていた。ビリケンの時代には、こんなに早く店仕舞いをすることはなかった。

「先日はどうも」

会釈《えしゃく》してゆき過ぎてから、ふと気が変った。

手金を打ったからには、早晩立ちのくこの土地である。関係ないといってしまえばそれまでだが、気持の決着だけはつけて離れたかった。

「どうです。いっぱいやりませんか」

石黒はビリケンの息子を、近くの小料理屋へ誘った。

七人も坐《すわ》ればいっぱいのカウンターだけの店である。やとわれママらしい狐《きつね》みたいに痩《や》せた女が、ほかに客のいないのをいいことに、石黒たちの前で、口をあけ、手鏡に奥歯をうつしては爪楊子《つまようじ》でせせっている。爪楊子の先に、口紅がついて、自堕落な感じがする。

「どうですか、日記は目、通しましたか」

「まあ、ぼつぼつですが」

「そうですか」

話がと切れると、石黒は酒をすすめるしかなかった。ビリケンの息子は酒好きらしい。飲むと、油雑巾《ぞうきん》で拭《ふ》いたように、テラテラと顔が光り、若いくせに薄くなりかけているてっぺんは、蜂屋柿《はちやがき》のようにトガって、早くもビリケン予備軍の資格充分である。

「なんか面白いこと、書いてなかったですか」

「ないですねえ」

石黒のついだ酒を、ぐっとあけてから、ビリケンの息子はこう言った。

「面白いことは書いてないけど、気にしてたことはあったなあ」

「なんです。気にしてたことって」

もう何を言われても、おどろかない。近いうちにこの土地を離れて引っ越してゆくのだ。

「あんなに気にしてたのなら、じかに聞けばいいんだ」

息子は少し笑って、

「あの人は一体、俺を知ってるのかな。おやじはそう言ってましたよ。どこかで逢《あ》ってるのか、逢った覚えはないんだがなあ」

石黒はわが耳を疑った。

ビリケンは、俺を忘れていた。日記にも書いてないのか。

「いや、日記には書いてありました」

また胸が早鐘になった。

「今朝もまたクイナが通ったって」

クイナ。

咄嗟《とっさ》に判らなかった。クイナクイナと呟《つぶや》いた。

「すみません。おやじがあなたにつけたあだ名なんです」

息子は、コップの酒を指につけてカウンターに水鶏《くいな》と書いてみせた。

「ご存知ないですか。ニワトリを二廻り小さくしたトリで、セカセカセカセカ歩くんだそうです」

言ってから、すみません、と頭を下げた。ビリケンは、石黒の素性を知らないままに、前のめりに歩く姿をみて、あだ名をつけていたのだ。

カウンターの女は、歯の洞《うろ》の神経に爪楊子が触れたらしい。

「ああ」

とうめいて、痛そうに顔をしかめた。

三角波

電線に鳩《はと》が二羽とまっている。

一羽が先に舞い下りてとまり、それを追いかけてもう一羽が、からだひとつ離れて隣りへとまったのだ。電線はわずかに揺れ、二羽は波乗りでもしているようにからだを揺らしていたが、揺れが納まると一羽が羽《は》づくろいをはじめた。

「番《つが》いなんだわ」

窓ガラスに額をくっつけて見下しながら、巻子は嬉《うれ》しくなった。

そう思って眺めると、羽づくろいをしているほうは、ひと廻り小振りに見える。撫《な》で肩でからだつきも丸っこいように思える。

窓は五階である。巻子の勤め先の、女子手洗所の窓だから、窓の向う側は見馴《みな》れた四角い景色である。

左手の証券取引所を押し潰《つぶ》すように証券会社の高層ビルや雑居ビルがひしめき合い、

その谷間に取り残された平たい建物が依怙地《いこじ》に頑張っている。青空や入道雲の似合う季節なのに、スモッグが重く垂れ込め、街は灰色ひと色である。

気の滅入《めい》る眺めの筈《はず》だが、今日で見納めと思い、気持が弾んでいるせいか、風情《ふぜい》があって悪くない。勤めていた三年の間に、この手洗所には一日に三回か四回通っていたのに、すぐ下に電線があり鳩がくることに気がつかなかった。案外ほかにも見落していることがあるのではないかと思いながら、巻子は外を眺めていた。

退職の日付けは昨日である。送別会もして貰《もら》い、「蛍の光」に送られて涙をこぼし、手を握り合って別れたのに、またのこのこ出てくるのはきまりが悪かったが、失業保険の事務手続きが残ってしまったのだ。

「あれ、また来たの」

と言われて、

「こういうのって本当に嫌ね。駅のホームでさよならを言ったのに汽車が出ないときみたい」

新婚旅行を見送るのだけは止《や》めにしてね、と本気で頼んだりした。結婚式は明日である。

二羽の鳩はまだそのまま、離れてとまっている。

夫婦なら、もうすこしくっつけばいいのにと思い、達夫《たつお》と同じだなと巻子はおかしくなった。

一週間に一度はホテルに誘っていたのに、式の日取りが決まってからは、食事やお茶のあと真直《まっす》ぐ帰ってゆく。けじめをつけているのだ、と思いながら巻子は物足りなかった。

達夫は四角四面なところがあった。

「背広よか軍服を着せてみたいねえ」

はじめて達夫をうちに連れてきたとき、祖母はこう言った。剣道をしていたせいか、上背はさほどでないのだが、がっしりした骨太なからだつきで、挨拶《あいさつ》も折り目正しかった。

「はッ」

とひと声、ガクンと折れ曲ってお辞儀をする。

祖母は菊人形というあだ名をつけた。

鳩がもう一羽舞い下りて、羽づくろいをしていた鳩のすぐ隣りにとまった。勢いで電線が大きく揺れ、三羽の鳩はまたブランコになった。ブランコの反動を利用するかのように、新しく飛んできた鳩が一たん浮き上り、隣りの羽づくろいしていた鳩の上に乗った。

巻子は、一瞬、目をそらしかけた。交尾というのは、このことか、歳時記で鳥交《とりさか》る、という季語を見たことがあったが、街なかの鳩は季節を選ばないのだろうか。

電線は大きく揺れ、重なりあった二羽の鳩は、その揺れに身をまかせている。巻子が息苦しくなったとき、上になった鳩が急に飛び立った。あとを追うように、下の鳩も飛び立ち、灰色の羽毛が二、三枚、ゆっくりと下に落ちていった。離れてとまっていた鳩は、隣りを眺めるでもなく、じっとしている。

巻子は、頬がほてってくるのが判《わか》った。残った鳩は明日結婚する相手の達夫であり、羽づくろいをしていた鳩は巻子である。新しく舞い下りた鳩は、達夫の部下の波多野に思えた。

「心配ごとでもあるんじゃないの」

うしろから声をかけられた。二年先輩のかよ子である。

何でもない、名残りを惜しんでいたのだ、と弁解したが、ご不浄の窓に寄りかかって名残りを惜しむのは似合わないと言われ、うしろ姿に悩みが出ていたわよ、と目のなかをのぞき込まれると、ふと話してみる気持になった。

不安は図星である。

ただし、深刻なものではない。明日の結婚式をひかえた幸福の酔いを自乗《じじょう》にする嬉しい当惑なのである。

かよ子とビルの地下の喫茶店で落合う約束をして、もう一度外をのぞいた。残った鳩はもう居なかった。

「彼の部下で、名前は言えないけど、その人、あたしに気があるみたいなの」

言葉に出してしまうと、あとはセーターの毛糸をほどくようにするすると楽に話せた。

波多野が二人の間に割り込んできたのは結婚ばなしが本決りになってからだが、その前から波多野は達夫の運転手がわりだった。

待ち合せ場所で俄《にわ》か雨に降られたり、夜遅く映画館を出てタクシーが見つからないとき、達夫は電話一本で波多野を呼びつけた。波多野はそのたびに手入れの行き届いた車でやってきた。

育ちのよさそうなお坊ちゃん風の青年で、何時に呼び出されても嫌な顔ひとつ見せず、身なりもキチンとしていた。上司の恋人である巻子にも礼儀正しく、ハイヤーの運転手のように丁寧なドアの開け閉めをした。巻子は恐縮したが、達夫は当り前といった風で、格別礼を言うでもなく、お茶いっぱい振舞わずに帰すこともあった。礼どころか、達夫は波多野に手厳しかった。

時間に遅れたといっては文句を言い、車の待ち合せ場所を間違えたといっては気が利《き》かないと叱言《こごと》を言った。

巻子が気にすると、

「いいんだいいんだ。奴《やつ》にはそれだけのことをしてあるんだから」

職場で目をかけて引き立てているから、と言わんばかりの口振りだった。

波多野のほうも一向に気にする様子もなく、

「係長にはいつも叱《しか》られているんですよ」

運転席からやわらかな笑顔をみせて振り向いた。その笑顔にも達夫は叱言を言った。

「また目《ま》ばたきしてる。目ばたきするなと言ってるだろ」

男の目ばたきは小心者の証拠だ。インチキくさくみえて証券マンとして失格だ、というのである。

「目ばたきにまで文句言われるんじゃ、波多野さんも楽じゃないわねえ」

男にしては長い波多野のまつ毛を見ながら巻子は同情した。実用一点張りの達夫のほうは、目玉だけあれば人間用が足りると思っているのか、まつ毛はおしるし程度のものがまばらにくっついているだけである。

二人の男は何から何まで対照的だった。

達夫が若手社員でも群《ぐん》を抜くやり手で、三十になるやならずで係長になった出世頭なのに引きかえ、波多野は年は三つ下だが、有力筋のコネ入社で、仕事よりも趣味に重きを置くタイプだった。

達夫は酒が強く、飲んでも乱れないのを自慢にしていたが、週末のデイトの帰りには、一週間の仕事の疲れが出るらしく、アルコールが入ると車のなかでよく居眠りをした。

達夫が鼾《いびき》をかきはじめると、運転席の波多野は、カー・ラジオのスイッチを入れた。退屈している巻子にさりげなく話しかけてくる。達夫には無い繊細なところがあって、話が中途で達夫が目を覚しかけると、もうすこし眠っていてくれればいいのに、と思ったこともあった。

巻子が波多野の気持に気がついたのは、達夫と婚約したときである。

今までハイヤーの運転手のように、音もなくドアを開け閉めしていたのが、バーンと叩《たた》きつけるような閉めかたをした。

「おめでとうございます」

とは言ったが引きつった顔で真直ぐ前を見たまま、巻子を見ようとはしなかった。

「それだけ?」

空《から》になったコーヒー茶碗《ちゃわん》をいたずらしながら、かよ子は笑いかけた。

「その人、まだ独身なんでしょ。だったら、当り前よ」

独身の若い男をデイトのときの運転手代りに使ったほうが罪なのよ、とわけ知りぶった言い方をした。

巻子は面白くなかった。

「通りいっぺんの嫉妬《やきもち》とか、腹を立ててるとかいうのなら、婚約したあとは運転手の役は断わると思うのよ。でも、その人、そのあとも続けてるのよ。それも、前よりもっとマメに——映画終っておもてへ出ると、スーと車が寄ってくることだってあるのよ」

かよ子は煙草《たばこ》をくわえて火をつけた。

深く吸い込むとむせる癖に、ふかす格好が気に入っているらしい。

「あたしのこと、見る目つきが違うのよ。なんとか光線じゃないけど、からだのなか突き刺さりそうな目で、じっとにらみつけるの。その癖、あたしたちの新しい家に荷物運んだりするときは、ムキになって完璧《かんぺき》に手伝うの」

「そりゃ上役の機嫌損ねたくないもの。サラリーマンの辛《つら》いとこよ」

「それだけかなあ」

巻子は、結婚式の引出物を見立てに行ったときのはなしをした。

昼休みに待ち合せのデパートの外商部へ出かけてみると、達夫と一緒に波多野もいた。しかも波多野は、いつにない強引さで、引出物に自分の好みの銀のスプーンを押しつけ決めさせてしまったのだ。

「普段はひかえ目な人なのに、まるで自分が新郎みたいなの。ああいう形で、まじりたいと思ったんじゃないかなあ」

かよ子はまだ黙って聞くだけである。

「あなたに魅力があるのよ」とひとこと言ってくれれば、この辺で止めるのに、と巻子は思った。

巻子は男の子みたいでサバサバしているとか、苦労しているので、よく気がつくと言われたことはあったが、美人だとか色気があると言われたことはなかった。

達夫が自分を選んだのも、健康で係累《けいるい》がなく、気働きがあって役に立つ女、というところを見込んだのだと見当がつくだけに、このひと言を聞いて帰りたかった。

「この間の晩なんか危いとこだったわよ。彼とあたし乗せて、いきなりスピード上げたの。もうすこしで対向車と接触しそうになったのよ」

居眠りしかけていた達夫も驚いた様子で、

「おい、式の前に心中は勘弁してくれよ」

とどなった。

波多野は振りかえりもせずに、

「心中は三人でするもんじゃないでしょう」

と低い声で言っただけだった。

かよ子は大きく煙草の煙を吐いた。

「あたしのほうに廻ってこないわけだ。一人で二人、捕《つか》まえてるのもいるんですもんねえ」

巻子は、やっと胸の突っかえが降りた。

達夫に惚《ほ》れていることに間違いはないが、蕪雑《ぶざつ》で陰影に乏しいところを百も承知しながら結婚を承知したのは、二十四歳という年齢のせいでもある。

気持の底を覗《のぞ》き込めば、達夫の生活力を考えた胸の中の小さな電卓にカチンと触れてしまう。

それだけでは青春のピリオドとしてすこし寂しすぎるので、波多野のことを、実像よりほんのすこし強目にしゃべっていた。第一、かよ子に話すときの波多野は、実物より二、三割がた美男にしてある。

かよ子が溜息《ためいき》をつきながら、煙草を灰皿にすりつけたところで、巻子はもうひとつつけ加えた。

ついおとといの夕方のことである。

式の打ち合せもあって、巻子は達夫の勤め先をたずねた。

広いオフィスに、達夫と波多野だけが残業をしていた。新婚旅行で三日間の休みをとるので、達夫はこのところ連日残業がつづいている。

達夫が煙草を買いに廊下へ出たとき、黙々と仕事をしていた波多野が、突然こう言った。

「女は立派だなあ」

笑おうとしているらしいが、口許《くちもと》は引きつっていた。

「知ってて知らん顔出来るんだから」

咄嗟《とっさ》のことである。答を探しているうちに達夫の足音がした。それだけのはなしだが、かよ子は案の定聞《じょう》いてきた。

「もし、その人が、ぼくと結婚して下さいって言ったらどうする」

「気持は嬉《うれ》しいけど断わるわね。当り前でしょ」

さっき見た、夫を置いて新しい鳩と飛び立っていった雌の鳩のはなしは、かよ子にはしないで帰ってきた。

かよ子にはすべてを話したわけではない。

本筋に関係ないので省略した部分もあった。

おととい、達夫の勤め先をたずねたときのことである。巻子の顔を見ると、達夫は、どれ一服するか、という感じで煙草の箱をとった。箱は空だった。達夫はポケットに手を突っ込んで小銭を探す風をしたが、こっちも持ち合せがなかったらしい。

ひとつなぎの動作で、目の前で腰をかがめるようにしてコピーを取っている、波多野のズボンの尻《しり》ポケットから、半分顔を出していた小銭入れをひょいと抜き取り、廊下へ出ていったことである。

「細かいの借りるよ」

くらい言えばいいのに、と思ったとき、波多野が、「女は立派だなあ」と言い出したので、そのままになってしまったのだ。

かよ子に言わなかったことはもうひとつあった。

新聞や雑誌をめくっていて「波」「多」「野」の三つの文字が、それだけ別の太い活字でも使ってあるかのように、向うから目に飛び込んでくるのである。

現に今朝も、朝刊をひろげていたら「波」の字が飛び込んできた。

「とけるか魔の海域の謎《なぞ》」

という見出しである。

千葉県野島崎沖では、この十年間に三万トン級の大型鉱石運搬船などが、船体が真二つに折れるなどして沈没したり行方不明になっている。

いずれも大きな三角波にあって船首部分が折れたのが原因らしいという記事だった。

三角波。

どこかで聞いたことはあるがどんな波なのだろう。無意識に波の字を探っている自分におどろき、三角ということばにもう一度ギクリとした。手洗いの窓から三羽の鳩《はと》を見て、達夫と自分と波多野になぞらえて考えたのは、三角波の記事が頭のすみに引っかかっていたためらしい。

手をついて別れの挨拶《あいさつ》をして涙をこぼす両親を持たない女は、一人の男の思いを振り切ってお嫁にゆく、という縁飾《ふちかざ》りをつけたくなるのかも知れない。当惑と感傷も含めて、巻子は二十四年の人生でいまが一番しあわせだと思った。

結婚式を波多野は欠席した。扁桃腺《へんとうせん》を腫《は》らし高熱が出たということだった。

巻子は自分の花嫁姿を見たくなかったのだと思った。披露宴は盛会だったが、巻子はひとつ物足りなかった。

達夫は新婚旅行に向う新幹線で、鼾をかいて眠っていた。剣道部の後輩たちが、東京駅で達夫を胴上げしたので、アルコールが一度に廻ったためらしい。

巻子はひとりで窓の外を眺めていた。暗いガラスに、いつもより濃く化粧をした巻子がうつっている。化粧室で化粧をし、白い花嫁衣裳《いしょう》をつけるとき、気持のどこかに波多野に見せたいというものがあった。

達夫は、歯科医の治療でも受けているように、口をポカンとあけて眠っている。張り切って様子をつくっているときは自信たっぷりに見えるが、寝顔は意外に他愛《たわい》ない。あわててひげをあたったのか剃刀《かみそり》負けのある脂《あぶら》の浮いた粗い顎《あご》の皮膚をじっとみつめた。剛毛の生えた大きさの割りに短い指を見た。私はこの男に人生を托《たく》したんだと言いきかせた。単純だけど、悪い人ではない。「波」にも「多」にも「野」にも、この辺で別れをつげなくてはいけない、と巻子は自分に言いきかせた。

志摩のホテルに着き、夕食を終えてからピンポンをした。

達夫は規則正しい人間で、寝るのは十一時半から十二時の間と決めている。世間ばなしというのが出来ないたちなので、それまでの間、手持無沙汰《ぶさた》だったからである。自分から誘っておきながら、達夫のピンポンはお座なりだった。打ち込む球にも気が入っていない。

あのときとは別人みたいだと思った。

達夫の勤め先で、三人でピンポンをしたことがあった。巻子は真中でカウントをとったのだが、達夫は力いっぱい打ち込んでいた。波多野も叩《たた》き込むように打ち返した。打ち返されると、渾身《こんしん》の力を振りしぼり、敵意をむき出しにしてもっと激しい球を打ち返した。波多野の青白い頬が真赤になった。ゲームというより真剣勝負を見ているようだった。

あれはピンポンではなかった。

波多野は、巻子への思いをラケットに托し、達夫もまた、波多野の気持を力わざで押しかえしていたのだ。

巻子は、自分を争って二人の男が決闘でもしているような酔いを感じた覚えがある。

気の入らないゲームはすぐに飽きて、部屋に戻った。

二人の帰りを待っていたように電話が鳴った。

巻子が受話器をとった。

「モシモシ」

すこしの間沈黙があって、

「波多野です」

いつもと同じ声だった。

絶句した巻子の手から、達夫が受話器を取った。

「なんだ、波多野か」

平静をよそおっているが、達夫も明らかになにかを押し殺していた。波多野の電話は、得意先に出す書類についてのたしかめであったが、巻子には、ベッドに入る時刻を狙《ねら》ってかけたとしか思えなかった。

達夫は何も言わず、スタンドを消し手を伸してきたが、どこかぎこちなかった。応《こた》える巻子にもうしろめたさがあり、二人だけのピンポンのようにしっくりいかなかった。

味気ない気分で、ダブルベッドに並んで暗い天井をみつめながら、巻子は、自分の隣りに、波多野がいるような気がした。

離れてとまっている二羽の鳩。羽づくろいしている鳩の隣りに、新しく舞い下りた鳩がぴたりとくっついてとまり、それから電線を揺らし、羽毛を散らして重なり合った、灰色の町の情景が浮んできた。

闖入者《ちんにゅうしゃ》を突つくこともせず、黙ってなすがままにしてとまっていた鳩は、隣りの夫の姿である。知っていて寛大なのか、それとも本当に仕事の電話と受取っているのか、すぐに鼾《いびき》をかきはじめた達夫の真意は計りかねた。

新居は郊外の借家である。

達夫の大学の先輩が、建売住宅を買ったとたん海外へ転勤になった。もどってくるまで二年間の約束で、格安で借りられたのだ。出勤に時間はかかるが、庭のあるのが嬉しかった。

「田舎を出てから、ここ何年も雨戸をあけたことないわ。あけ方忘れちゃった」

といいながら、雨戸を一枚繰《く》って、巻子は凍りついた。

雨戸の外に波多野が立っていた。

波多野は巻子を見てはいなかった。巻子のうしろに起きてきた達夫を見つめていた。片手に朝刊を持ち、パジャマのズボンに上半身裸の達夫も、それこそ菊人形のように動かなかった。

波多野の咽喉《のど》から、グウと何かを押し潰《つぶ》すようなうめきが洩《も》れた。波多野はそのまま走って出て行った。

陽画《ポジ》と陰画《ネガ》が、ぐるりと入れ替った。

波多野が愛したのは、巻子ではなく、達夫だった。

ひとりぼっちの取り残された鳩は、巻子だった。

男同士のピンポンで、激しく打ちあい、打ち込まれれば打ち込まれるほど高揚したのも、一種の愛なのであろう。

ダブルベッドにいたのは、波多野に違いなかったが、巻子の隣りではなく、達夫の隣りに寝ていたのだ。

「三角波って知ってる？」

声の震えをさとられないように雨戸を繰りながら、巻子は達夫にたずねた。

「三角波か？　三角波ってのは、方向の全く違う波が重なり合って出来る波のことだろ。ありゃ危険な波らしいな。三角波にやられると大きな船でも真二つになって沈むそうだ。台風の前に起るんじゃないかな」

まさに台風の前である。

「三角波が立つと、船は必ず沈むのかしら」

四枚の雨戸をあけ放つと、庭やまわりが見えて来た。似たような白塗りに青い屋根赤い屋根の建売住宅がならんでいる。

「沈むとは限らないさ。やり過してなんとか助かる船もあるんじゃないのか」

達夫の手が肩にかかった。

その手を振り払おうか、それとも肩のぬくもりを信じてこのままじっとしていようか。

「すみません。今日から牛乳二本だったですね。入れ忘れたんで遅くなったけど入れときます。明日の朝からちゃんとやりますから」

勝手口から、威勢のいい牛乳屋の声がした。

噓《うそ》つき卵

目を覚ますと、一番先に台所へゆき冷蔵庫から卵を出す。これが左知子の朝の習慣だった。

卵は二個である。

夫の松夫《まつお》と左知子がご飯にかける分だけ皿にのせ、それから歯を磨き顔を洗う。

冷蔵庫から出したての卵はおいしくない。室温にもどしてからのほうが、オムレツでもふんわり焼けると聞いてからこうしている。

氷のように冷たい卵は固くて重たいような気がする。白い皿の上で、にぶい音を立ててぶつかり合い揺れていたが、すぐ静かになった。

朝、パンを食べてくれれば手間がかからないのだが、松夫は米のご飯でないと食べた気がしないと言う。

「子供が生れたらパンにするから」

新婚の頃にそう言われ、せいぜい一年の辛棒と踏んでいた。まさか五年間、毎朝電《でん》気釜《きがま》を仕掛けることになろうとは思わなかった。

「まだ？」

食卓で朝刊をひろげている松夫が、早朝会議を忘れていたからと、朝食の催促をする。まだ、というのは、左知子が一番聞きたくないことばである。

「まだなの？」

「そろそろ、いいんじゃないの？」

同居していないだけましだが、姑《しゅうとめ》に何度もこう言われた。夫はひとりっ子なので、後継を待っているのだ。もっとも、待たれたのは三年目までで、最近は逢《あ》っても子供の話題は避けている。こうなると、いっそあけすけに催促されているほうが左知子は気が楽だった。

食卓で卵を割るのは、左知子の役目である。冷蔵庫から出したときより温かくなっているが、まだ皿小鉢より冷たい。シャーベットを作るので、いつもより冷蔵庫の温度を下げたせいか、白身が半透明に凍り、出来損いの葛桜《くずざくら》になっていた。

いつもより余計にかき廻し、醤油《しょうゆ》を入れ、それから自分のを割ったところで、左知子は、あ、と小さく声を立ててしまった。

半透明な白身のなかに血豆のようなものがひとつ浮いていた。

「どうしたんだ」

朝刊の向うからのぞき込んだ松夫は、拍子抜けした顔で、

「それだけ取ればなんでもないよ」

おれのと取り替えてやろうかと言ったが、左知子は卵を食べる気分をなくしていた。

「卵って、なんだか気持の悪いとこあるわね」

赤いものの浮いた卵を、松夫の目から隠すように台所へ運び、左知子は昆布の佃煮《つくだに》をご飯の上にのせた。

「子供の時分、見ちゃったのよ。卵を割ったら、なかから、ヒヨコになりかけのが出て来たの」

白っぽい嘴《くちばし》まで出来ていた。からだの割に大きな目をしていた。

そのときの怖さがまだ残っているのか、今でも卵を割るときはからだを固くしているところがあると話した。

「ものを知らないな」

口のまわりを黄色くして卵かけご飯をかき込みながら、松夫はあきれたように左知子の顔を見た。

だ。


「今どきそんな卵はないよ」

「どうして？」

「今のはみんな無精卵さ」

無精卵てなあに？　と聞き返しかけ、すぐに意味が判《わか》って、次のことばを呑《の》み込んだ。

しばらく沈黙があった。

「田舎じゃないんだから、雄鶏《おんどり》と雌鶏《めんどり》が一緒になって餌突《えさ》ついてるなんてとこはないんだよ。雄は早いとこ焼鳥にでもなってさ、雌だけ一列にならべてケージに入れて、どんどん餌食わして卵だけ産ませるシステムなんだよ。有精卵になんかなりっこないよ」

雄鶏と一緒にいても、無精卵を産む雌鶏がいるんじゃないの、と聞きたかったが、やめにした。いっときの沈黙のあと、しゃべりはじめた松夫の声音《こわね》に、いつもとは違う、無頓着《むとんじゃく》をよそおったものを感じたせいかも知れない。

松夫は、あわてることはない、と言っている。子供は授かりものだ、出来なきゃ出来ないでもいいじゃないかと言って、夫婦揃《そろ》って検査を受けようという左知子の意見に反対していた。

たしか小学校のそばの瀬戸物屋の店先だった。迎えに来た母親が一緒だったような気がする。

茶碗《ちゃわん》や湯呑み、などの置かれた台の下に、大きな擂《す》り鉢があり、その中に卵が沢山入っていた。

何気なく手に取って、案外な重さに驚いた記憶がある。瀬戸物の卵だった。

偽卵《ぎらん》というのだ、と教えられた。

鶏によっては癖の悪いのがいて、縁の下や思いがけないところに卵を産む。一定の場所で産ませるための囮《おとり》に偽卵を置いておくのだという。ほかの鶏に卵を抱かせるためにも使うらしい。前もって本当の卵のなかに混ぜておき、ほかの鶏の卵と入れ替えるのだそうだ。

偽卵の冷たさ固さは、冷蔵庫から出したての卵そっくりである。いくらあたためても孵《かえ》らないところはあたしに似てると左知子は思った。

松夫との夫婦仲は良いほうだと思う。それだけに、抱かれても抱かれても、みごもらない自分のからだが、瀬戸物で出来た偽卵のような気がしてきた。

高校時代の友達英子が遊びに来たのは、夕食の終った時分である。

左知子よりひとつ上だから、もうすぐ三十に手が届くというのに、結婚せず、宣伝関係の仕事をしていた。

来たときから、アルコールの匂《にお》いがしたが、もうすこし飲みたいと言って、松夫も相手をして水割りを立てつづけにお代りした。

「大丈夫なの?」

男のような飲みっぷりが、普段と違っていた。

「お忘れパーティ。あしたから当分飲めないから」

わざと陽気に笑い飛ばした。

「失敗しちゃった……」

と肩をすくめてみせた。妊娠のことらしい。

「あしたの午後、ちょっと病院へ行ってくるけど、万々一のときの連絡先ってのがいるらしいのよ。親と同居だから自分のうちってわけにはいかないし、お宅にしてもいいかな」

片手拝みの格好になった。

「うまくゆかないもんねえ。欲しいとこには出来ないくせに。欲しくないところには出来るのね」

「宝くじと同じよ。欲のない人に当るのよ」

「変な喩《たと》え……」

笑いながら、松夫の視線に気がついた。

いつも冗談口をきくのに、何も言わなかった。視線だけが英子のからだを這《は》ってい
た。今までにも三月に一度くらいは遊びに来ていたのに、みごもったと聞いたとたん、
はじめて見る目つきになっている。視線に温度があった。

温度は英子にも伝わるとみえる。

「そうか。あんたたちに貰《もら》ってもらうのも『て』だわね」

「せっかくだけど」

考える前にことばのほうが先に飛び出していた。

「貰い子をするんなら、どこの誰か顔も名前も知らないとこから貰うわ」

出来が悪かったら、あんたのこと恨まなきゃならないし、出来がよければよいで、
あなた取りもどしたくなるんじゃないの、とつけ加えた。

「それもそうねえ」

英子もうなずいた。

松夫だけが、何も言わずにウイスキーをついでいた。

次の日、左知子は松夫に内緒で大学病院へ行った。駄目なら駄目でいい。はっきりさせたかった。有罪だか無罪だか判らずに、生殺しで過すのが耐え切れなくなったのだ。

結果が出るまでに二週間かかった。

左知子は、消毒液の匂いをかぎつけられはしないかと不安だった。まるで病院へ浮気をしにゆくみたいな気がした。浮気をみつけられないように、からだを固くして身構えていた。

検査の結果、左知子はシロであった。

強いて言えば発育と機能に微弱なところがあるが、妊娠出来ないからだではない、と言われた。

偽卵ではなかった。

固くて冷たい瀬戸物の卵ではなかった。人肌にぬくもった卵だった。

嬉《うれ》しさもあったが、腹立ちのほうが大きかった。

ここ何年も、親戚《しんせき》が集る冠婚葬祭のたびに下うつむきで、肩身狭くしてきた。姑はじめ廻りの連中は、左知子にだけ責任のあるような口振りだったが、私には責任がなかったのだ。あるとすれば、松夫のほうである。

検査に不賛成だったのは、こういう結果を予測していたからではなかったか。

「知らないうちにお多福風邪にかかっていたってこともあるんですってよ。とにかく、あたし一人が罪人みたいに言われるの不公平だわ。お願いだから」

検査にいってみて、と言う口を封じるように、松夫がポツリと言った。

「おれもシロだよ」

「あなたも病院へ行ってたの」

「そうじゃない」

出来れば、言わずに済まそうと思っていたが、と前置きして、左知子と結婚する前に、女をみごもらせたことがある、と言った。

「結局、生れはしなかったけどね」

「だあれ、その人」

松夫は煙草《たばこ》に手を伸した。

ものを言いたくないとき、男は煙草を喫《す》う。ことばの代りに煙を吐いておしまいにする。子供は生まなくても結婚五年になると、そのくらいのことは判った。

「名前は聞かないわ。でも、それ、本当なの」

煙の向うで、松夫がうなずいた。

済まない、と謝っている顔ではなかった。おれに罪はないんだぞ、と言いたげな、勝った人間の顔だった。

次の日の夕方、左知子は中央線東中野駅で下り、駅前の細い坂を上った。何度かためらった末に、思い切って出て来たのだ。

行先は「ドロップ」という小さなバーである。

十人も入れば満員の、カウンターだけの店である。学生時代からのゆきつけの店だといって、一度だけ松夫が連れて来てくれた。

ママは、松夫より二つ三つ年かさのきつい顔をした、パーマをかけない髪を長く垂らした、痩《や》せぎすの女だった。左知子を婚約者だと紹介すると、急に弾《はじ》けるような笑顔になった。

「おめでとう!」

カンパリ・ソーダのグラスを、弾みをつけてカウンターに置いた。

「よかった。よかった」

何度もそう言い、あたしも頂こう。今日は松ちゃんのおごりよ、とはしゃぎ通しだったが、はしゃぎ方に無理があるような気がした。グラスの置き方も、お祝いというより、底のほうに固いものがあった。

長い間、忘れていたのだが、昨夜の松夫の告白を聞いたとき、ふと思い出したのだ。

「あのはなしが本当だとしたら、相手はあの人に違いない」

何の根拠もないのだが、そう思った。

「ドロップ」は五年前と同じ場所にあった。

名前はそのままだが、改装をしたとみえて、道にせり出した看板の感じが変っていた。思い切ってドアを押すと、なかは五年前のおもかげはどこにもなく、バーというよりスナックで、若いバーテンが一人、セロリの筋をとったりレモンを薄く切ったりしていた。三年ほど前にいまの経営者が居抜きで買ったらしい。前のママのことは知らない、とバーテンが教えてくれた。

そのまま出るわけにもゆかないので、水割りを頼んだ。客は左知子一人だった。

窓ぎわの席に坐《すわ》り、眺めるともなく外を眺めた。

ママが居たら、何と言うつもりだったのか。

「子供が出来たというのは本当だったんですか」

「夫の子供に間違いはないんでしょうか。ほかの人の子供ではなかったんですか」

聞ける筈《はず》のない質問を頭のなかで何度も繰り返した。

中央線の音がすぐ下を通ってゆく。

「責めているんじゃないんです。あたしのほうが後《あと》なんですから、そんな権利はありません。本当のことが知りたいんです」

そう言いたかったのに。

これからの長い人生を、半信半疑で、責任をなすり合って暮すのは耐えられなかった。白か黒か、はっきりさせたかった。

また中央線が通る。

いきなり声をかけられた。

「いま、あなたを撮《うつ》しました。とてもいい顔をしていたので、失礼だとは思ったんですが」

カメラを持った男だった。年は三十二、三。松夫と同じ年格好である。

「写真が出来たら送ってもいいですか」

カメラは、松夫が持っている安直なのではなかった。大きくて重そうだった。扱い方や米軍放出の迷彩服のような身なりからみて、素人《しろうと》ではないらしい。

「自分で言うとなんだけど、手応《てごた》えがあったみたいなんだけどなあ。送ったら迷惑ですか」

ほかの場所ならともかく、この店で撮った写真はやはり具合が悪い。左知子が言いよどんでいると、

「じゃあ、こうしましょう」

男は、カーキ色の大きなバッグから、大型の手帖《てちょう》を出した。

「スケジュール、スケジュール」

とひとりごとを言いながら、ページをめくった。

一日が幾つにも区切られ、書き込みがしてある。プロのカメラマンらしい。

「一週間後の同じ時間に、ここで渡すってのはどうですか」

言っていることは強引なのだが、憎めない感じである。サラリと言われたせいか、気がつくと左知子はうなずいていた。


目を覚ますと、一番先に台所へゆき冷蔵庫から卵を出す。

二個の冷たい卵は、生きているように身を震わせ、音を立ててぶつかり合い、それから静かになる。皿の上に、寄りそうようにならんでいると、二個の卵は夫婦にみえ

る。だが、これは卵ではなく、卵に似たものなのだ。抱いて温めても二つの卵が子供を生んで、三つになることはない。

結婚してから、二人は朝だけで何千個か、かなりの数の卵を食べている。食べただけで、卵を産むことは出来ないのだ。

「ドロップ」へいったこと、写真のことをかくしているせいか、松夫との間に半透明のビニールがはさまっているようだ。松夫の告白が真実かどうかも判らないままである。それでいて、浮き浮きしたものがあるのは、写真を見にゆくのを楽しみにしているのだろうか。

一週間後に「ドロップ」にいった。

男は待っていて、黙って写真を差し出した。

自分の顔なのに、他人の顔にみえた。

目を閉じたのもある。焦点の決まらない視線を宙に投げて半眼になったのもある。眉根《まゆね》に縦じわを刻み、切なそうにしているのもあった。唇はどれも半開きになっている。

週刊誌大の白黒の印画紙のなかで、左知子は、自分でもはじめて見る顔をしていた。

ひどくきまりが悪かった。頬がほてってくるのが判る。

辛《つら》いことを考えていた筈なのに、どうしてこんな表情にうつっているのだろう。官能的というより猥《みだ》らにみえた。

男は、左知子の目をのぞき込むようにしてから、煙草に火をつけた。

「写真の顔と、写真を見ているときの顔は、同じなんだなあ」

左知子は、いま、あたしは汗を掻《か》いた、と思った。

男と目が合うのが恐《こわ》かったので、煙草をはさんでいる指先をみつめた。松夫と同じ先細の長い指をしていた。格好のいい指だが、親指だけはずんぐりして、爪《つめ》も四角く短いところも似ている。

何年前だったか、左知子は母親と一緒にストーブにあたっていて、指の形爪の形が母親とそっくりなことに気がついたことがあった。

指は背格好とも関係があるのか、男は背が高く痩せ型、胃弱タイプで松夫と同じ部類に属する男だった。

「お子さん何人ですか」

気がついたときは声が出ていた。

「面白いこと聞く人だなあ」

男はおかしそうに笑った。

「一人ですよ」

またのぞき込む目になった。

「子持ちの男は駄目ですか」

左知子は目をつぶりたかった。

駄目ではない、逆なのだ。たとえ一瞬の気の迷いにしろ、あなたは男として子供を生ます能力がありますかと聞いたことに間違いはない。

松夫との結婚生活には不満はなかった。この暮しを毀《こわ》したくないと願っている。そのためにも子供は欲しかった。だからといって、それから先どうしようという想像をしていたわけでは決してないのだ。それなのに、子供の有無を聞いている。

自分の知らない顔があるように、自分でも気のつかない気持があるのだろうか。

「出ましょうか」

男の長い指が伝票を押えた。

男とならんで、線路沿いの細い坂をゆっくりとおりた。二人の横を中央線の上り下りが通り過ぎる。夕方のラッシュにかかっているので、電車には隙間《すきま》なく人がつまっていた。

男が急に足をとめた。

「ジャンケン」

と言いながら、片手を振って誘うしぐさをした。

「ぼくが勝ったら、入りましょう」

ラブ・ホテルの前だった。

咄嗟《とっさ》に言葉が出なかった。

「ジャンケン」

男の目に誘われるように、左知子の手もジャンケンのしぐさをした。

「ポン！」

は口で言い、グーもチョキもパーも出さずに駈《か》け出した。うしろを見ずに走り、東中野駅に走り込んだ。

ひと月ほどたって、左知子はみごもったことに気がついた。病院の診立《みた》ても間違いないという。

左知子はあの男の子供のような気がした。手も握ったこともないのだが、そんな気がする。

松夫とは先輩の紹介で知り合った、見合い結婚である。取り立てて不満はなかったが、燃えたとか疼《うず》いたとかいうものを味わうことはなかった。みごもるためには、気持もからだもあたたまらなくては駄目だったのか、卵みたいに。

下着の抽斗《ひきだし》の底から、あの写真を出してみた。目を閉じて、夢ともうつつともつかず半眼に開いて、なにかに身をゆだねている。眉間《みけん》に縦じわを刻み、なにかに耐えている。唇はなにかを待ち、なにかを受けるように半開きになっている。この瞬間にみごもったのだ。

この写真をどうしよう。細かに千切って捨てようか。それともマッチで火をつけ灰にしてしまおうか。

迷いながら、左知子はダイヤルを廻した。番号は松夫の勤め先である。みごもったことを一番に知らせたかった。

話中のサインが消えるまでに写真の始末を決めなくてはいけない。

捨てようか、どうしようか。

「お待たせしました。おつなぎします」

交換手の声があって、呼出しの信号音に変った。

写真は多分捨てないだろうと思った。勿論《もちろん》、夫には言わない。死ぬまで言わない。

今まで通り下着の抽斗の、一番下にしまっておくだろう。

「モシモシ」

松夫の声がひどく懐《なつか》しいものに聞えた。

「あなた」

あとの言葉がつづかなかった。もうすこしで涙がこぼれそうになった。

Ⅱ

来てしまえば、なんでもなかった。

なんでこだわっていたのだろう。冬子は自分を嘲《わら》いたい気持になった。

銀座にだけは足を向けないようにして暮しはじめて、娘の真弓がおなかにいるころからのはなしだから、かれこれ十七年になる。

だから真弓に、

「お母さん、銀座で待ち合せしない？」

と言われたときも、すぐにはいい返事をしなかった。

高校生の娘にしてみれば、三十八という年の割にはスラリとして美人の母親が、すこし自慢というところもあった。クラス会のときも、ほかのお母さんのようにマニキュアぐらいしてよ、もうすこし派手な洋服着てよ、と文句をいいながら、人目に立つ綺麗《きれい》な母親を自慢する口調があった。

テニスの合宿に持ってゆくセーターや靴ぐらい、駅前の洋品店でも売ってるでしょ、と冬子は言ったが、真弓は珍しく頑張った。

「たまにはいいじゃないの。銀座で待ち合せしてさ、アイスクリーム食べて、それからセーター買うのつき合って」

どうやら、一人二人友達を引っぱってくるつもりらしい。

冬子は、去年あたりから自分の背丈を越した娘を眺めた。

この子の年だけ歳月がたっている。もう大丈夫だ。冬子は午後の時刻と場所を約束した。

冬子が銀座のクラブにつとめていたのは、二年足らずである。

父親のない家庭ということもあり、望むところに就職できなかった。お決まりの母親の病気、うちの立ち退《の》きなど金の要ることが重なり、手っ取り早く現金になるつとめを選んだのである。

身持ちは堅いほうだったと思う。

幼稚園の保母ではないのだから、色恋沙汰《ざた》の二つや三つ、いや四つや五つは、なかったとはいわないが、これは恋愛だ、と自分で納得できる相手でないと、承知しなかった。

嫌いなタイプには、どんなに口説かれてもうんといわなかった。

いまの夫とも、店で知り合った。

夫の両親は金沢にいたので、夫は結婚を決めるとクラブをやめさせ、三月ほど、小さな会社の事務員をさせて親をごまかし、式をあげたのである。

そのとき、五月《いつつき》になっていた真弓はおなかにいて、ウエディングマーチにはしゃいだのか、冬子のおなかを蹴《け》っとばしていた。


久しぶりに見る銀座は、すっかり面変《おもがわ》りしていた。

冬子のつとめていたクラブは、取りこわされてファッションビルになっていた。すぐ横に夫婦だけでやっていた八百屋があったが、そこは外資系のハンバーガーの店になっている。

街も変ったが、人も変った。道をゆく人が多くなった。化粧も強くなった。音楽が多くなり、音も大きく激しくなった。

四丁目の角から資生堂のほうへゆっくり歩きながら、冬子は安心した。もう知った人は歩いていない。

「カオルちゃんじゃないの」

肩を叩《たた》かれ昔の名前で呼ばれることはもう絶対にないのである。こうと知ったら、もっと前からこの街へくるんだった。

来たいという気持、なつかしいと思うものを頑《かたく》なに仕舞って用心深く暮した歳月がおかしくなった。

夫が娘の名前を「真弓」とつけたとき、姑《しゅうとめ》が、

「なんだかホステスみたいだねえ」

といったとき、頬のあたりがこわばるのが判《わか》ったが、夫は、

「これからは、子がつくのははやらないよ」

平気な顔をして引っこめなかった。

冬子は、真弓に「お母さん」と呼ばせた。

幼稚園に行くようになった真弓が、

「ほかのうちは、みんなママよ」

と不平をいったが、

「日本人はお母さんのほうがいいの」

ママは、昔を思い出して嫌なのである。

待ち合せ場所は、十七年前にもよく来た店だった。格式のあるティー・ルームである。

この店で夫とよく逢《あ》った。夫以外の男とも逢ったことがある。

真弓が来た。案の定、三人ばかり友達を連れている。コーヒー代も楽ではないな、と思ったが、たまのことだ、仕方がない。

このとき、冬子は、奥にバーのマダムらしい女と向き合って坐《すわ》っている初老の男が、お、と目だけで挨拶《あいさつ》を送ってきたのに気がついた。夫の前につき合っていた竹井である。髪は白くなっているが間違いない。あの当時は部長だったが、もう重役だろうか。胸の鼓動が早くなるのが判った。

「だあれ、あの人」

真弓がちらりと竹井を見た。

「ちょっと知ってる人」

「そうお」

それから真弓はこう言った。

「なんだか、お父さんに似てるわね、あの人」

鉛筆

男は筏《いかだ》の上で居眠りをしているように見えた。

筏といっても、三、四本の丸太を縛っただけの、畳半畳ほどのお粗末な代物《しろもの》である。筏の上に坐《すわ》り込み、首を前に折ったまま身動きもしない。手にした櫂《かい》も全く動いていない。

青い湖面に、白い腰布をまとっただけのチョコレート色の半裸体がじっとして動かないのは、そのままのどかな一幅の絵だが、転げ落ちでもしたらどうする気だろう。岸には二メートルを越す鰐《わに》が、からだを半分水に漬けて寝そべっていたし、河馬《かば》が二家族棲《す》みついて、ついさっきまで鼻息も荒く水を噴き上げてふざけ合っていた入江もつい目と鼻である。私は双眼鏡のピントを男に合わせた。なにか起ったところでどうすることも出来ないが、気がかりで目が放せなくなった。

湖はルドルフ湖といって、ケニアとエチオピアの国境にあるかなり大きな湖である。

最近まではトルカナ湖とよばれていた。まわりに住んでいるのは原住民のトルカナ族である。私はその湖の岸辺に建っているロッジから、ぼんやりと湖面を眺めていた。ロッジというと聞えがいいが、掘立《ほった》て小屋である。六畳ほどのワンルームに、ホテルの払い下げ品ではないかと思われる傷《いた》んだベッドが二つ。蛇口をひねると身震いするだけで満足に水の出ないシャワーと手洗いだけの小屋が十軒ほど、湖の岸にならんでいる。

ケニアの首都ナイロビから、七人乗りのセスナ機、赤さびの浮いた小型トラックの荷台、モーターボートと乗り継いでやっとの思いで着いてみると、食事はじゃがいもが主食で、パンは無いにひとしい。食べものと見ると、真黒になるほど蠅《はえ》がくる。左手首を中風患者のように絶えずプラプラ揺すって蠅を追っぱらわないと水ものめない。話はついています、大丈夫です、というので、モーターボートで入江を横切りトルカナ部落を訪問すると、これがどうした話の食い違いか露《あら》わな敵意を示され、写真を撮るどころではない。結果的には折れ合ったのだが、待ちきれずかくしカメラのシャッターを切った私は、十二、三歳の男の子二人に背中を小突かれ、アザの出来るほど腕をつねられた。

闖入者《ちんにゅうしゃ》だと判《わか》っていても、あまり嬉《うれ》しいことではない。結局かなり高額の金を払って五分だけ撮影を許されたが、正直いって部落の男女たちの視線は固く、私たちは転がるようにしてボートに飛び乗り岸を離れた。二つ三つ小石が飛んできて、色のはげたボートの横っ腹に当った。

暑さと湿気もかなりのものだった。恐らく四十度は越しているだろう。風が全く無いせいか、じっとしていても汗が吹き出し、シャツにしみを作る。何を考えるのも大儀になる。青みどろ色で薄い葛《くず》でも流したようなねばり気のある湖の水は、クロレラの煮える匂《にお》いがして胸がむかついてくる。

好きで来たとはいえ、ここで二泊とはえらいところへ来てしまった。こんなことなら、大方の観光客のゆくルート、つまりマサイ・マラやアンボセリ国立公園などの、設備のいいホテルのある動物保護区だけを廻ればよかったかな。後悔するのも億劫《おっくう》になって、げんなりしていたときに、筏で居眠りをするトルカナの男をみつけたのだった。

男は、筏の上に立ち上った。

意外に小さい。筋肉のつきかたも稚《おさな》くみえる。少年らしい。少年は、いきなり白い腰布をはぐった。筏の上で用を足すのかな。私は二百ミリの望遠レンズをカメラにつけ、ピントを合わせた。

ところが右手の櫂を筏につきバランスをとりながら少年は思いがけないしぐさをした。まくり上げた腰布の左隅を左手で持つと高くかかげ、右の端を口でくわえたのだ。いつの間に風が出たのか、白い布は大きく風をはらんでいる。そのまま追い風に乗って、かすかにさざ波の立つ油のような湖面を滑るようにすすんでゆく。

少年の腰布はヨットの帆になった。黒い鉛筆のような二本の脚を踏んばって、痩《や》せた彼のからだはそのまま船の帆柱である。

すべては一瞬の出来ごとだった。私は夢中で五枚だけフィルムの残っていたカメラのシャッターを押した。昼過ぎからの不安や不満はこの一瞬にけし飛んだ。ご一緒した秋山ちえ子さん、西丸震哉夫妻も、嘆声を発しながら見守るだけであった。

少年は眠っていたのではない。風を待っていたのだ。黒い帆柱と白い帆のヨットはびっくりするような速さで、向う岸のトルカナ部落へと滑ってゆく。

双眼鏡でのぞくと、一糸まとわぬ若い男たちが、腰まで水に入り網を仕掛けている。老婆《ろうば》と若い娘が髪を洗い、丹念に結い合っている。土手には飴色《あめいろ》の牛が、貧しい草を食《は》み、その下で鰐が剝製《はくせい》のように動かない。鰐の背中やまわりに白い美しい鳥が止まっている。お椀《わん》を伏せたような草葺《くさぶ》きのトルカナ族の小屋が七つ八つとかたまって、そこに夕陽が沈みはじめた。どういう約束になっているのか鰐と河馬と人と牛と鳥が、侵さず侵されず、ゆったりと暮している。

夜の食事は相変らず私の身の丈もある大味な湖の魚とじゃがいもだったが、昼よりもおいしいように思えた。左手をプラプラさせる蠅追い運動も板についてきた。

夜中から気温が下り風が強くなった。砂漠なので、昼と夜の温度差が極めて激しい。ありったけのセーターを着込み、青みどろの匂いのする重い毛布を引っかぶってベッドにころがり込むと、天井でガリガリ音がする。自家発電なので夜十一時以降は電気が消え、各部屋におしるしばかりの極小の懐中電灯が置いてある。頼りない光で天井を照らすと、どうやってのぼったのか天井裏に蛙《かえる》かとかげでもいるらしい。降りようともがいているのか、ねずみと喧嘩《けんか》でもしているのか。

河馬が草を食べに上ってきたのだろうか、私の小屋の前あたりで、物音がする。河馬は草食だから人間は襲わないが、夜中に草を食べに上陸するのに自分だけの道を持っている。

妨げるものがあると人を襲うこともたまにはあるという。ついこの間も、ナイロビ市の郊外で、河馬に轢《ひ》かれ、乗りかかられ、何時間もそのままになった人がいて重傷だという新聞記事があったそうだ。夜は絶対に外に出てはいけないという注意の通り、窓から外をのぞくだけにした。

　青白い月が出て、湖は冬の顔をしていた。

　胸をつく青みどろの匂いは嘘《うそ》のように消えていた。ロッジのすぐ裏手にもあるトルカナ族の小屋からは物音ひとつ聞えない。

　それでいて、朝になり陽がのぼるとすぐ思考力ゼロの暑さと青みどろの匂いになり、河馬が騒ぐ。フィルムを詰め替え、望遠レンズを構えて、次の日一日湖面を気にしていたが、人間ヨットは見ることが出来なかった。


　少年の鉛筆の脚も、アフリカのそれはチョコレート色に光っているが、東南アジアにくるとすこしくすんだものになる。

　十五年ほど前に、アンコール・ワットを見物に出かけた。寺院の前のテンプル・ホテルというフランス系のホテルに泊っていたが、夜になるとアンコール・ワットの遺《い》蹟《せき》のなかで、古いクメールの民族舞踊を見せる。

　蚊を防ぐために、首筋から腕、脚一面に防虫剤を吹きつけ、ホテルの玄関前に集った。そこから会場までは歩いて五分ほどの距離である。ただし、ホテルと遺蹟のほかは何もないので、かすかな月明りだけが頼りである。案内役を先頭に五十人ほどの外国人観光客が暗い中を歩き出したとき、いきなり足許《あしもと》に小さな光の輪が落ちてきた。

私だけではない。光の輪は一人にひとつ、足の進みに合わせて歩きいいよう歩きいよう実に巧みに照らしてゆく。

七つ八つから十二、三の少年たちが、小さな懐中電灯を持ち、観光客一人に少年一人、半歩下って影のようにピタリとくっついて歩き出したのだ。

こんなに沢山の少年たちが、今までどこにかくれていたのだろう。クメール・ダンスを見る興奮で気がつかなかったのだろうか。

「私はいいわ。無くても大丈夫」

ヒタヒタとついてくる押しつけがましさがうっとうしくなり、私は手真似《まね》で、私の足許を照らす少年を追い払った。ところが少年は全く聞えないようについてくる。もう一度、手を振りかけたとき、案内役のカンボジアの青年が、たどたどしい日本語でこう言った。

「やらせてやってください。これでこの子の家族は暮しているのです」

青年は、名前をノロドム・キリラットといった。カンボジアの当時王族の一員であったノロドム殿下の遠縁にあたるといっていた。日本に留学し、日本女性と結婚している。私は往《ゆ》きの飛行機のなかで、生まれたばかりの長男を連れたこの夫人と逢《あ》い、ほんの一言二言だが世間ばなしをしている。

少年たちは音を立てずに歩いた。何十回、何百回と歩き馴《な》れた道だからであろう、光の輪はときに私たちの足より半歩先を照らし、足許の石ころや石段のありかを無言で知らせてくれた。

私たちと呼吸を合わせ、歩調を合わせて歩く、白く粉をふいた細い脛《すね》と、肩のあたりにゆれる汗くさい体臭だけがついてきた。

光の輪は、会場に着き、私たちが俄《にわか》ごしらえの椅子《いす》に坐るとスウッと消えた。少年たちの姿は闇《やみ》に呑《の》まれてみえないが、恐らくうしろの草むらか石段で仲間同士突つき合ったり居眠りをしながら、ショーの終るのを待っているらしい。

正直いってショーは退屈であった。

巨大な石の遺蹟にライトが当り、民族衣裳《いしょう》の踊り手を浮かび上らせる趣向は悪くなかったが、三十分もたたないうちに蚊の襲撃に気もそぞろになった。

やっと終って歩き出すと、また足許に光の輪が浮かび上った。往きと同じ少年が、同じ匂いをさせてついてきた。ホテルの玄関へつくと、日本円にして二十円だか三十円だかの金を受け取り、無言で消えていった。

この少年たちは、昼間は人が違ったように陽気になる。

道路の要所要所にかたまり、拓本や手造りの山刀、首飾りなどの細工物を売りつけるのだが、先を争って外人客に群がり、私の顔を見ると、

「サクラ！　アジノモト！」

と呼びかける。それでも知らん顔をしていると、取っておきの、

「美人サン、美人サン」

ですり寄ってくる。

ここで喜んでしまうと彼らの思う壺《つぼ》で、日本の女には、みなこの三つを使うらしい。感心したのは、少年たちが、外人客の国籍を見分けるカンのよさである。アメリカ人には英語、一番多かったフランス人にはフランス語。みごとなものである。

仲間同士で気前のいい客の奪い合いになり、殴ったり蹴《け》ったりの小競《こぜ》り合いになったのを見たこともある。

少年たちは瘦せていた。蚊とんぼの脛をして、目だけが光っていた。

上半身は裸だったが、たまにアンダーシャツを着ているのがいても、シャツというより若布《わかめ》であった。大人のズボンをチョン切ったらしい半ズボンは、継ぎの上に継ぎ

が当り、もとは何色でどんな布地だったのか誰にも判《わか》らなかった。

客には厚かましく、しつこく食い下るが、駄目と判ると深追いはしなかった。やりすごして振り向くと、少年たちは商売ものを木陰に置き、サッカーをして遊んでいた。いびつになったサッカーのボールは、空気を入れるところがネーブルの出臍《でべそ》のように飛び出し、そのせいかとんでもない方向へ飛んでゆくらしかった。さっき胸倉をとって争ったことも忘れたように、団子になって転げ廻っていた。この細い脛のどこにこんなエネルギーが隠れているのだろう。それにしても、この子たちは学校へ行っているのだろうかと思い、遺蹟ツアーの往き帰りに、高床式の家のなかをのぞいてみた。階下には水牛、上の住まいには、アルミニュームの大鍋《おおなべ》と菅笠《すげがさ》が柱にかかっているだけで、あと目ぼしい家財道具は何も見えなかった。

旅が終って歳月がたつと、私の場合、風景が薄くなって人間が残る。

丹精することが面倒で、格別子供好きでもないたちである。むしろ子供には邪慳《じゃけん》なほうだが、旅の感傷が手伝うせいか、アンコール・ワットで見たカンボジアの少年と、トルカナ族の少年とは、同じように黒く細く真直《まっす》ぐな脚を持つ男の子として、私の記憶のなかの懐《なつか》しいページに入っていた。

静謐《せいひつ》な夜のアンコール・ワットには、だんまりが似合うことが判っているのか、面《つら》明《あか》りならぬフットライトを当てる黒子で通し、カッと明るい昼のアンコール・ワットでは、おべんちゃらの限りをつくして客に食い下る。こっちが十年十五年大人になったせいか、当時はうるさく思えたものが、いまは懐しい。損得抜きで拓本のひとつも買ってやればよかったな、と思ったりする。

私の背中を殴ったトルカナの少年たちは、威嚇《いかく》なのかプライドなのか、それとも好奇心だったのか。旅は謎々《なぞなぞ》みたいなものである。無理に理屈をつけて分類解明しなくてもいい。そう思っていたのだが、この四、五年で様子が変ってきた。

飢えと内戦で、ふたつの国は見るも無惨に面変りをしたらしい。

世界地図をひろげてみて、と大上段に振りかぶるほど旅をしているわけではないが、それでも行ったことのある国はそこだけ地図に色がつき、人肌にあたたかくなっているような気がする。

カンボジアとトルカナの活字は、違う活字を使ったように、字が起ち上ってひとりでに目に飛び込んでくる。

旱魃《かんばつ》が原因らしいが、トルカナ族の飢えの写真を、辛《つら》い気持で眺めていた。私が行ったのは去年の春である。まだ飢えははじまっていなかったと思うが、当時だってあの人たちの体に余分な肉や脂肪はなかった筈《はず》だ。鉛筆の脚がもっと瘦せたら、あとは骨である。

何の葉っぱか知らないが、大きな葉っぱを皿代りにして、誰に分けてもらったのか魚のはらわたを捧《ささ》げ持つようにして、嬉《うれ》しそうに笑いながら私たちの横を走り抜けていった少年は、まだ走る力が残っているのだろうか。

青い湖に自分のからだで帆を張って渡っていったあの子は、まだ生きているのだろうか。月並みな感傷と判っていて、そんなことを考えてしまう。

アンコール・ワットで見かけた少年たちに十年の歳月を足すと、みな青年である。狂気としか言いようのない今度の内戦を、あの子たちはどうくぐり抜けたのか。

奇蹟的に生き長らえ、救出された日本人妻のニュースが伝えられた頃、私はいつもより丁寧に新聞を読み、ノロドム・キリラット氏と夫人の名を探していた。

キリラット氏は顔中に派手に散らばったにきびを気にしながら、よく面倒を見てくれた。

はじめての外国旅行で馴れない私は、食事に出た高価な果物を盛大に食べ、出発のとき勘定書に入っていないのを見て、そのまま失礼しようかと迷い、いやいや日本の恥になってはと、早朝キリラット氏の室のドアを叩《たた》き、その旨《むね》を告げたことがある。

「このままでいいのです。カンボジアは果物だけは豊富ですから」

パジャマ姿の氏はこう言って胸を張り、癖になっている顔のにきびを押え、こんな格好で失礼と謝りながら、

「サヨウナラ」

と綺麗《きれい》な日本語で別れの挨拶《あいさつ》をしてくれた。

小壺を集めているといったら、スクーターのうしろに私をのせ、夕闇《ゆうやみ》の国道を飛ばして、シェムリアップの古道具屋へ案内してくれた。キリラット夫妻の消息は不明らしいが、あのとき彼が値切ってくれた黒釉《こくゆう》の二つの小壺はいまも私の本棚にならんでいる。

あの国の少年たちと同じような、陽やけした艶《つや》消しの肌の色である。水を含ませて小さい花をさすと、消炭の色は濡《ぬ》れてくる。これも水牛の背中に乗って、濁った池で水浴びしていた少年たちの肌の色なのである。

Ⅲ

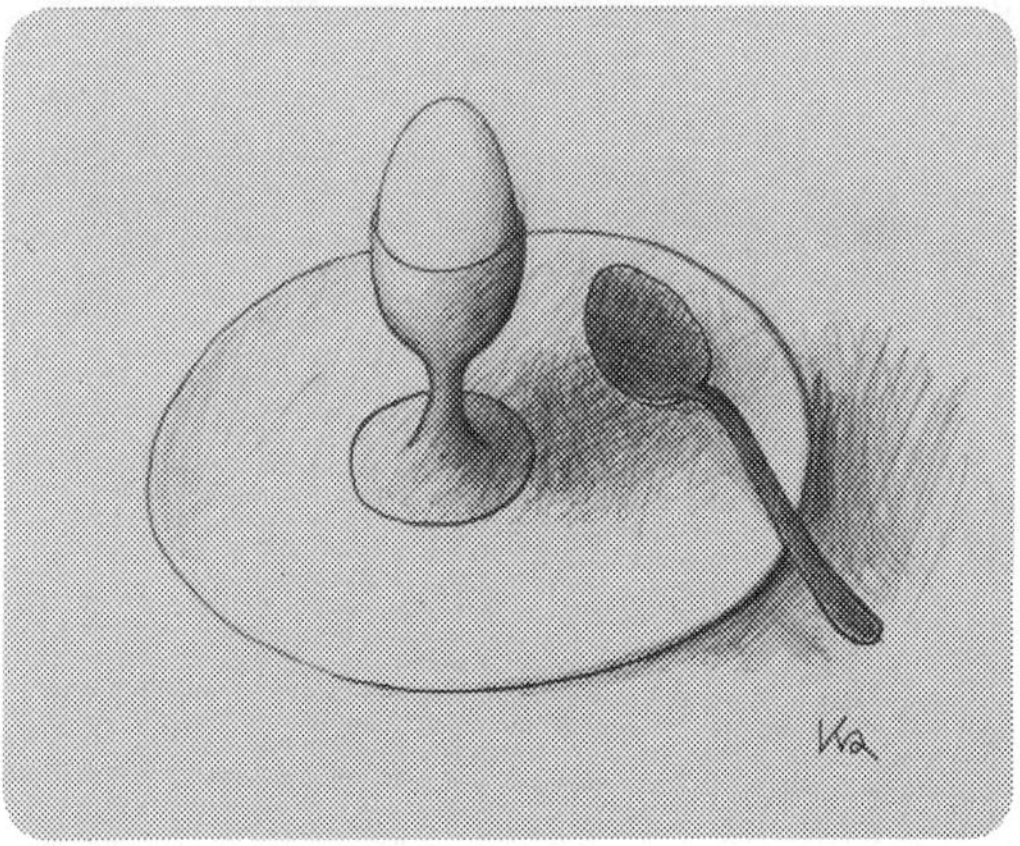

若々しい女《ひと》について

冬になるとよく体験することですが、

「あ、いま、風邪ひいたな」

と思うことがあります。

お風呂《ふろ》から出て、薄着でグズグズしていて、気がつくと背筋のあたりがスースーしてくしゃみが出てしまう。「やられた」と思うあの瞬間です。あわてて風邪薬を飲んだりします。

これと同じことが、老いにもいえます。

一日の仕事を終えて、深夜テレビを見ている時、気がつくと、じゅうたんにペタンと坐《すわ》り、背中を丸め、あごを前に出して、老婆《ろうば》の姿勢をしているのです。

「あ、いま老《ふ》けた……」

と思います。

夕方、買物かごを抱えて買物に出かけます。気の張る人には逢《あ》わないだろうと多寡《たか》をくって、口紅だけの素顔、体をしめつけないだらしのない物を着て、サンダルばきです。こういう時、ふと見ると、ショーウインドーに、私によく似たお婆《ばあ》さんがうつっているのです。

ドキンとします。

いま、この瞬間に、年をとったな、と思います。こう書くと、なにか一秒一秒、若々しくあるために、必死に頑張っているようですが、そうではないのです。私は女のくせに生れついての物臭《ものぐ》さで、まめにパックやマッサージをするのがおっくうなのです。そうかといって、年よりもうす汚く老け込んでは、公私共に差しさわりがあります。この年で、まだ独身、しかもテレビの台本書きという、若さを必要とする仕事でごはんを頂いているのですから。

外側をかまう代りに、内側から、というと大げさですが、そっちの方でひとつ突っかえ棒をしてみようかな、と思っているのです。

私は、ぼんやりしている時、無意識の表情の積み重ねが、老いのしわや、暗くけわしい表情をつくり、姿勢をつくる、と思っていますので、時々、わが身をふりかえり、警戒警報を出すわけです。

森　光子《みつこ》さん
加藤治子《はるこ》さん
私は、この二人の女優さんとご一緒の仕事が多いのですが、いつも感心しています。とにかく若々しいのです。はっきり書くとおふたりに叱《しか》られそうですが、たしか五十五か、六になっておいでの筈《はず》です。しかし、確実に十歳は若いでしょう。持って生まれた美しさもあります。しかし、このおふたりは、私が前に書いた、ひとりの時間を、背中を丸めてペタンと坐ったり、だらしない格好で町を歩いたりは、絶対にしないで生きているのだろうと思います。
すべてのものに好奇心を持ち、若い人とつきあい、楽しみを持ち、よく笑い、よく涙ぐみ――もしかしたら恋をして、生き生きと生きているに違いありません。
彼女たちは、どんなにくたびれていても、決してシルバー・シートに腰をおろさないでしょう。ゆれる電車で、吊皮《つりかわ》にもつかまらず、体のバランスをとる訓練をしながら、乗り合せた人の表情や窓の外の景色を、ドン欲な目で観察しているでしょう。五年先、十年先も、きっと同じでしょう。
彼女たちは、にっこりと優雅に笑いながらしかし、決して老いにつけ込まれず、老いに席をゆずろうとしないのです。

身のまわりの年よりも若々しくみえる素直な友人たちを見廻して気がつくことは、彼女たちが、みな、悲観論者ではない、ということです。

よき夫よき子供たちにも恵まれているのに物事を悪い方悪い方と考えて、そのせいでしょう、顔つきが暗くけわしくなっている人を知っています。

先のことをくよくよしたところで、なるようにしかならないのです。飢え死にした死骸《しがい》はころがっていないのですから、みんな何とか生きてゆけるのです。そう考える度胸。これも若々しくあるために必要ではないでしょうか。

ライバルをみつける。

これも効果があります。

あのひとみたいになりたい。

あの人を追い越してやろう。

有名な女優でも、隣りの奥さんでも、誰でもいいのです。具体的なターゲット(標的)をみつけ、それに狙《ねら》いをつけてやってみるのです。

それと一緒に、

ああなったらお終《しま》いだな。

ああなりたくない。

という、いわば反面教師も、ついでに見つけておけと、昔からいうじゃありませんか。

独《ひと》りを慎しむ

私が親のうちを出て、ひとりでアパート住まいをはじめたのは、たしか三十三歳のときでした。

勤めていた出版社をやめ、テレビやラジオの脚本を書きはじめていた頃です。局から電話がかかり、スジの説明をするとき、電話は茶の間にあるので、関係とかキス、妊娠などという単語の発音が家族の手前、とてもきまりが悪く、一日も早くうちを出て独立したいと思っていましたから、父と言い争いをした形で家出が出来たときは、正直いってとても嬉《うれ》しかったのを覚えています。

貯金をはたいてアパートを借り、家具をととのえて入ってみて、私はドキンとすることにぶつかりました。

私は急激にお行儀が悪くなっているのです。ソーセージをいためて、フライパンの中から食べていました。小鍋《こなべ》で煮たひとり分の煮物を鍋のまま食卓に出して、小丼《こどんぶり》にとりわけず箸《はし》をつけていました。

風呂《ふろ》から上って、下着だけつけたところへ電話が鳴り、姿が見えないのをいいことに、そのままの形で電話に出て、更に電話を切ったあと、熱い、汗を出してからというのを口実に、下着姿で部屋の中を歩き廻り、ついでに小さな用を足していました。

坐《すわ》る形も行儀が悪くなっているのが自分で判《わか》りました。立ち居振舞は、うちにいるときにくらべて、あきらかに居汚なくなっていました。

行儀には人一倍にうるさい父の目がなくなって、家族の視線がなくなって、私はいっぺんにタガがゆるんでしまったのです。

自由を満喫しながら、これは大変だぞ、大変なことになるぞ、と思いました。

「転がる石はどこまでも」。こういうことわざがあるそうです。ローリング・ストーンズというとカッコいいのですが、とても恐ろしい意味があります。

いったん、セキを切ったら水がドウッと流れ出し、一度転げ落ちたら、水は、石は、どこまでも落ちてゆくのです。そして、それは、ある程度力をつけたら、もう人間の力では、とめようがなくなるのです。

お行儀も同じです。

フライパンから食べるソーセージは、次には買ってきたお菓子を袋から破いて、小皿にとりわけずに食べているでしょう。海苔《のり》の佃煮《つくだに》の小びんに直箸《じかばし》を突っこみ、次に箸を入れようとしたとき、中から白いご飯粒がのぞいたりするのです。

ぞっとしました。

これは、お行儀だけのことではないな、と思いました。

精神の問題だ、と思ったのです。

私は、自分の中にこういう要素があることを知っていました。

人が見ていないと、してはいけないことをしようとしてしまう癖です。

誰も見ていないと、ゴミを捨ててはいけないところで、紙クズをほうってしまうのです。

車の運転免許をとることを途中でやめたのは、友人が車で悲惨な事故死をしたこともありますが、私の中に、人が見ていないとスピードを出す癖があるのを知ったからなのです。

自由は、いいものです。

ひとりで暮らすのは、すばらしいものです。

でも、とても恐ろしい、目に見えない落し穴がポッカリと口をあけています。

それは、行儀の悪さと自堕落《じだらく》です。

自由と自堕落を、一緒にして、間違っているかたもいるのではないかと思われるくらい、これは裏表であり、紙一重のところもあるのです。

「独りを慎しむ」

このことばを知ったのは、その頃でした。言葉としては、前から知っていたのですが、自分が転がりかけた石だったので、はじめて知ったことばのように、心に沁《し》みたのでしょう。

誰が見ていなくても、独りでいても、慎しむべきものは慎しまなくてはいけないのです。

ああ、あんなことを言ってしまった、してしまった。

誰も見ていなかった、誰もが気がつきはしなかったけれど、何と恥ずかしいことをしたのか。闇《やみ》の中でひとり顔をあからめる気持を失《な》くしたら、どんなにいいドレスを着て教養があっても、人間としては失格でしょう。

「独りを慎しむ」―、これは、人様に対していっているのではありません。

独立して十七年になりながら、いまだになかなか実行出来ないでいる自分に向って、意見していることばなのです。

ゆでたまご

小学校四年の時、クラスに片足の悪い子がいました。名前をIといいました。Iは足だけでなく片目も不自由でした。背もとびぬけて低く、勉強もビリでした。ゆとりのない暮らし向きとみえて、衿《えり》があかでピカピカ光った、お下がりらしい背丈の合わないセーラー服を着ていました。性格もひねくれていて、かわいそうだとは思いながら、担任の先生も私たちも、ついIを疎《うと》んじていたところがありました。

たしか秋の遠足だったと思います。

リュックサックと水筒を背負い、朝早く校庭に集まったのですが、級長をしていた私のそばに、Iの母親がきました。子供のように背が低く手ぬぐいで髪をくるんでいました。かっぽう着の下から大きな風呂敷《ふろしき》包みを出すと、

「これみんなで」

と小声で繰り返しながら、私に押しつけるのです。

古新聞に包んだ中身は、大量のゆでたまごでした。ポカポカとあたたかい持ち重りのする風呂敷包みを持って遠足にゆくきまりの悪さを考えて、私は一瞬ひるみましたが、頭を下げているIの母親の姿にいやとは言えませんでした。

歩き出した列の先頭に、大きく肩を波打たせて必死についてゆくIの姿がありました。Iの母親は、校門のところで見送る父兄たちから、一人離れて見送っていました。

私は愛という字を見ていると、なぜかこの時のねずみ色の汚れた風呂敷とポカポカとあたたかいゆでたまごのぬく味と、いつまでも見送っていた母親の姿を思い出してしまうのです。

Iにはもうひとつ思い出があります。運動会の時でした。Iは徒競走に出てもいつもとびきりのビリでした。その時も、もうほかの子供たちがゴールに入っているのに、一人だけ残って走っていました。走るというより、片足を引きずってよろけているといったほうが適切かもしれません。Iが走るのをやめようとした時、女の先生が飛び出しました。

名前は忘れてしまいましたが、かなり年輩の先生でした。叱言《こごと》の多い気むずかしい先生で、担任でもないのに掃除の仕方が悪いと文句を言ったりするので、学校で一番人気のない先生でした。その先生が、Iと一緒に走り出したのです。先生はゆっくりと走って一緒にゴールに入り、Iを抱きかかえるようにして校長先生のいる天幕に進みました。ゴールに入った生徒は、ここで校長先生から鉛筆を一本もらうのです。校長先生は立ち上がると、体をかがめてIに鉛筆を手渡しました。

愛という字の連想には、この光景も浮かんできます。

今から四十年もまえのことです。

テレビも週刊誌もなく、子供は「愛」という抽象的な単語には無縁の時代でした。

私にとって愛は、ぬくもりです。小さな勇気であり、やむにやまれぬ自然の衝動です。「神は細部に宿りたもう」ということばがあると聞きましたが、私にとっての愛のイメージは、このとおり「小さな部分」なのです。

草津の犬

目は心の窓だといいます。

このごろは、この心の窓のまわりに黒い窓枠をつけたり、青いアイシャドオのカーテンをかけたり、窓を飾ることがはやっておりますが、窓の本当のよさは、内側からは、外の景色がよく見え、また外側からは、内側の、つまり窓の持主の精神の美しさが判《わか》る、ということではないかと思います。

目のことを考える時、目に浮かぶのは、草津で逢《あ》った一匹の犬です。

その犬は、白根山から天狗山《てんぐやま》のゲレンデに抜ける途中のヒュッテに飼われていた犬でした。いや、本当に飼われていたかどうか、もしかしたら、彼は、そのへんののら犬であったのかも知れません。

白根山は、今でもそうでしょうが、私がスキーに夢中になっていた十五年前も、下からのリフトは長く、時間がかかり、ちょっと吹雪《ふぶ》いたりすると、もう、顔も手足も知覚がなくなるほど寒くなってきます。まつ毛はバリバリに凍りつき、鼻からは小さなツララをぶらさげてリフトをおりるということになります。

ここから、白一色の、林間の山道を下ってゆくためには、少し体をあたためないとアブないなあ、と思いながら、滑り出すと、雪の中にシュプールがついていて、それは二、三分もすると、コーヒーやラーメンなど、あたたかいものを売るヒュッテに自然にたどりつくようになっていました。

そこの一番人気はブタ汁でした。当時、たしか五十円だったと思います。ストーブのそばで、フウフウ言いながらすするブタ汁は、たとえブタのスジ肉が三切れしか入ってなくとも最高でした。このスジ肉が何とも固いのです。モグモグやっていますと、必ず一匹の犬が私の前に坐《すわ》ります。やせて見映えのしない雑種でした。彼は、私の口《くち》許《もと》をひたと見つめ、口を少し動かし、のどをごくりと言わせながら、三センチほど前へすり寄るのです。スジ肉が欲しいんだなと気がつきましたが、知らん顔をして嚙《か》みつづけました。彼は、のどの奥で、クウ、と鳩《はと》のような声を立てました。それから、片肢《かたあし》を上げて、そっと私のスキー靴の上に置きました。

「ぼくが待っているんです。忘れないで下さい」といっているようでした。

もうやろうかな、と思いました。でも私は、我慢してもう少し嚙んでみました。彼は、体を、やわらかく私のひざにもたせかけるようにして、もう一度クウとのどをならしました。そのまっ黒い目は、必死に訴えていました。私は遂に負けて、肉を吐き出しました。こうして、私は三個ばかりの肉をみんな、彼にとられてしまいました。

見ていると、肉をとられているのは私だけではありません。彼はブタ汁を注文する客がいると、その前にすわって、ヒタと目をみつめるのです。

今、私の住んでいる青山にも犬は沢山います。でもみんな飼われた目をしています。いや、犬だけではありません。人もそうです。生きるために全身全霊をこめて一片の肉をねらい、誰に習ったわけでもないのに全身で名演技をみせたあの犬の目を、私は時々思い出して、いま私は、あれほど真剣に生きているかな、と反省したりしているのです。

花　束

七年ほど前のことだと思います。

NHKの銀河ドラマの収録が終り、ささやかな打ち上げパーティが開かれました。主演の森繁久彌《もりしげひさや》さん、演出の和田勉さんの間にはさまって、脚本を書いた私もビールのグラスを上げていました。

大きな拍手が起って、娘役の和田アキ子さんが、父親役の森繁さんに花束を贈呈しました。大柄な和田アキ子さんにふさわしい、びっくりするほど大きい花束でした。カメラのフラッシュが光り、私はいつものように、さりげなくうしろへ引っこみました。テレビ・ドラマの作者というのは影の存在です。折角のスナップにわけの判《わか》らない顔が並んでいるのは目ざわりに違いないと、私はいつも、本能的にこうしていました。

森繁さんは、ピリッとした短いジョークの中に花束の礼と和田アキ子さんの自然な演技を賞《ほ》め、また大きな拍手を浴びました。それから、何となく、といった感じで、二、三歩うしろに下り、手を叩《たた》いている私の隣りに立たれました。手にした花束を、ちょっと持ち上げるようにすると、小さな声でこう言われたのです。

「向田さん、あなたの時代が来ましたね」

何とも面映《おもは》ゆいセリフです。このことをお話しするのは、勇気がいります。大した才能もなく、見よう見まねで脚本を書いているのです。何十年待ったところで、私の時代なんか来る筈《はず》もありません。しかし、森繁さんは、十年前に、自分の作品でこの世界に足を踏入れた後輩に、ディスク・ジョッキーの書き手という陽の当らないところで、モタモタしながら、どうやら名前を出して仕事をしはじめた私に、大きな花束を下さったのです。私は、今迄《いままで》にこんな凄《すご》い殺し文句を言われたことはありません。

古い写真を整理していましたら、面白い一枚を見つけました。

映画雑誌の編集部につとめながら、森繁さんのディスク・ジョッキーを書きはじめた頃のものです。文化放送の「幕間《まくあい》三十分」という連続番組でした。はじめの三十分が、当時の人気スター、例えば「放浪記」の舞台主演が決った森光子さんとか、「メケメケ」で売り出しの丸山明宏《あきひろ》さんをゲストに迎えた森繁さんとの対談。真中の三十分が私の書くコントつなぎのディスク。あとの三十分が名作ドラマのダイジェスト。文字通り森繁さんのワンマン・ショーです。

このスタジオに、番組全体の監修をされていた市川三郎《さぶろう》さんが、一人の青年を連れてきて、森繁さんに引き合わせておられました。

「今は無名の役者の卵だが、面白いものを持っているので、——」

というようなことをおっしゃっていました。

色白のその青年は、森繁さんを極めて尊敬しているらしく、当時写真に凝っておられた市川三郎さんが、記念写真を撮って上げましょうと、森繁さんを中心に、三人ならばせてカメラを向けられた時も、明らかに固くなっていました。

森繁さんに、

「もちょっとお寄ンなさいよ」

といわれても

「ハ、ハイ」

というだけで、「三尺下ッテ師ノ影ヲ踏マズ」というところがみえました。

肺を患《わずら》って寝ていた苦しい時代を、面白おかしくさらりと語った語り口に、話術の巧みさと、聞く人の気持を機敏に感じとる、抜群の生活運動神経を感じました。

それから十年ほどの歳月が流れたでしょうか。NHKの「横堀川」で、「がま口」という役をやって人気の出た役者を正面で見て、私は、アッとなりました。

あの日、一緒に写真をうつした色白の青年に口ひげをくっつけると「がま口」になるのです。

彼、藤岡琢也《たくや》さんに逢《あ》って、この時のことを話したのは、更に七年ほどあとのことになります。

あるパーティでお目にかかった折りに、思い切ってたずねてみました。

「藤岡さん、あの時の、写真、おぼえていらっしゃる?」

藤岡さんは、大きくうなずきました。

「覚えていますとも」

少し間があって、もう一度言われました。

「覚えていますとも」

二つ目のセリフは、感慨無量といったくぐもった声でした。

あの日、藤岡さんは、この畏敬《いけい》する大先輩にどんな言葉をかけてもらったのか、それは知りません。しかし、苦労人の森繁さんのことです。きっと、何か、――しっかりやれよというお守りか、こういう風に、サイコロを振って、こういう風にアがれよ、という双六《すごろく》か、森繁さん一流の韜晦《とうかい》に満ちた人生ヒント集か——そんなプレゼントがあったのではないかと思います。

藤岡琢也さんの「覚えていますとも」という声音には、そんな響きがこもっているように聞えました。

大きい山は、よじ登っている時にはその全貌《ぜんぼう》は見えないものです。裾野《すその》は広く、懐《ふとこ》ろは深く、変化自在。

私はこの頃になって、何という巨《おお》きな役者と、おつきあいをしていたのだろうと、そら恐ろしくさえなります。

この人からは、さまざまなことを教えていただきましたが、一番大きなことは、

「ことばは音である」

ということでしょう。

「馬鹿《ばか》」

私が書くこのひとことのセリフを、森繁さんは、その時々のシチュエーションにふさわしく、百通りにも二百通りにも、いろんな人間がいるんだなあ、と書いた人間を

びっくりさせるほど、鮮かに、空気の中に立ち上らせてくれました。
「森繁久彌の千の馬鹿」――こんなＬＰを出して後世に残してもらいたいと思うくらいです。

新劇の役者さんが、赤毛のカツラをかぶってハムレットをやる、オペラでも歌うようなあの気取ったセリフ廻しではない、ステテコをはき、たくあんをボリボリやる日本の男のナマの声を、十年にわたるラジオのおつきあいで、聞いたことは、私にとって何よりの勉強でした。

「仰げば尊し　わが師の恩」

私は、父の転勤で、何度も転校をしました。

そのせいか、卒業式のこの歌を歌った時も、たったの一学期しかその小学校にいなかったものですから、ほかのクラスメートのように、声を上げて泣くということもなく、少しばかりシラけた気持でこの歌を歌った記憶があります。そして、今、思いかえしてみますと、私の師は、学校の外にいたように思います。

その筆頭が、森繁さんです。

ことばを選びながら、時には、過分におだて、時にはやんわりと台本の疲れを指摘して、私という駄馬ににんじんとムチをくれつづけて下さったのです。

一張羅の白のシャークスキンのスーツを着て、森繁さんのうしろにはにかんで立っていた女の子は、二十年たって、老眼鏡のいる年になりました。髪をわけると、白いものも見えます。

あの頃、持っていた疲れを知らない体力や、向う見ずは失《な》くした代りに、あの頃は判らなかった人の気持が、少しは判るようになりました。森繁さんの本を書く資格は、本当はこの年にならなくてはなかったのではないか。今迄は何と物知らずだったことかと、一枚の写真がきっかけで、古いことなど思い出し、ひそかに冷たい汗を拭《ふ》いております。

わたしと職業

ついこの間、四国の高松から女性の声で長距離電話があった。

「あなたは、三十五年前に高松の四番町小学校にいた向田さんですか」

六年生の時に二学期しかいなかったが、まさしくお世話になったことがある。「ハイ」と答えたら、

「やっぱりそうなの。実は、テレビを見て、ひょっとしたら、あの時の向田さんじゃないかって同窓会で噂《うわさ》になったんだけど、受持の田中先生が、そんな筈《はず》はない。わたしの知っている向田邦子は、駈《か》けっこの早い女の子だった、とおっしゃってきかないのよ」

というのである。

父の転勤の関係で、七回だか八回、転校している。クラスメートの数もいちいち覚え切れないが、相手も電話口でおかしそうに笑っていた。

子供の頃から、体を動かすことが好きだったたし、得手《えて》でもあった。

明るいうちは、運動場でバレーボールをしたり陸上の練習。暗くなると、父の蔵書を読みふける女の子だった。将来、物を書いて暮しをたてようなど、考えたこともなかった。専攻は国文学だったが、友人達が、同人雑誌のと騒いでいる時も、私はバレーとアルバイトで、顔を真黒にしていた。

教室よりも運動場の好きな女の子が、物を書くようになった動機は、恥ずかしながらお金のためである。

学校を出てから、私は、ある出版社に勤め、映画雑誌の編集の仕事をしていたが、なんとも月給が安いのである。当時、私はスキーに凝っていた。冬になると、お小遣いが足りなくなる。そんなときに、

「テレビの脚本を一本書くと一日スキーにゆけるよ」

と、番組を紹介されたのである。

スキーにゆきたさに見よう見真似《まね》で書いた一本が、多分、脚本がなかったのだろう、採用されたのだ。生れて始めて頂いた原稿料で、私は蔵王《ざおう》に出かけた。帰ってきてもう一本書いて白馬へ――。

私は、至って現実的な人間で、高邁《こうまい》な理想より何より、毎日が面白くなくては嫌な

タチである。勤めはじめて七年目。ぼつぼつ仕事に馴《な》れてあきて、スキーでうさばらしをしていたのだが、その資金かせぎで始めたアルバイトが段々と面白くなってしまったのだ。

結局、ミイラ取りがミイラになる形で、三年間の兼業ののち会社をやめて、ペン一本で食べることにしたわけである。

これとて、なにも、後世に残る名作を書こうとか、テレビ界に新風を吹き込んでやるぞ、といった御大層な気持は全くない。ただただ、私にとっては、未知の世界であり、好奇心をそそるなにかがありそうな気がしたからである。

途中、週刊誌のルポライターやラジオなど、寄り道もしたが、八年前からテレビだけに切りかえて、かれこれ五百本に近いドラマを書いてきた。

こう書くと、水すましのように、スイスイきたようだが、世間様はそんなに甘くない。極楽とんぼの私でも、ああ、困ったな、と思うことも何度かあった。

そういう時、私は、少し無理をしてでも、自分の仕事を面白いと思うようにしてきたような気がする。

女が職業を持つ場合、義務だけで働くと、楽しんでいないと、顔つきがけわしくなる。態度にケンが出る。

どんな小さなことでもいい。毎日何かしら発見をし、「へえ、なるほどなあ」と感心をして面白がって働くと、努力も楽しみのほうに組み込むことが出来るように思うからだ。私のような怠けものには、これしか「て」がない。

私は身近かな友人たちに、

「顔つきや目つきがキックなったら正直に言ってね」

と頼んでいる。とは言うものの、この年で転業はなかなかむつかしい。だから、私は、一日一善ではないが、一日に一つ、自分で面白いことをみつけて、それを気持のよりどころにして、真剣半分、面白半分でテレビの脚本を書いているのである。

Ⅳ

反《はん》芻《すう》旅行

うちの母が香港《ホンコン》に遊びに行ったのは、五年ほど前のことである。

父の七回忌も終ったことだし、足腰の丈夫なうちによその国を見せてやりたいという気持があった。

私が一緒にゆければ一番いいと思ったのだが、あいにく仕事がたてこんでどうにも動きがとれないので、妹をお供につけ、食事につき合ってくださる女の通訳のかたも、旅行社にたのんで手配してもらった。パック旅行でも悪くはないのだが、旅馴《な》れない年寄には、すこし可哀《かわい》そうな気もしたので、旅費その他で、かなり割り高についたことも事実である。

母は、はじめ物凄《ものすご》い勢いで反対した。

行きたくない、というのである。

何様じゃあるまいし、冥利《みょうり》が悪い。こんなぜいたくをすると、死んだお父さんに怒られる、と言い張って聞かない。

主人のため子供のため第一で、自分の楽しみなど二の次、三の次、はっきりいえば、ろくなものは無いも同然で半生を生きたような人である。

一生にいっぺんそのくらいのことをしてもバチは当らないわよ、と半ばおどかすようにして、飛行機にのっけた覚えがある。

母の香港旅行は大成功だったらしい。四泊五日ほどの小さな旅だったが、いまでもそのときのはなしになると目が輝いてくる。声が十も若がえったかと思うほど弾んでくる。

新聞のテレビ欄をみていて、「香港」に関するものが出ていると必ずその時間にチャンネルを廻す。

仕事場にいる私のところに電話をかけてきて、「○チャンネルを廻してごらん。香港が出ているよ」という。

この通りは、たしかあたしも歩いたよ。

あれ、このお店はあたしも行って食べたような気がするけど違ったかねぇ。

こんな調子で、香港と名のつくものは、一枚の写真、ひとことの説明も聞き逃さないようにしているのが判《わか》った。

その頃、私は母に言った覚えがある。

「香港はもういいじゃないの、自分で行ったんだから。ほかの、行ったことのない国を見たほうがいいと思うけど」

母は、本当にそうだねぇ、とうなずいたが、やはりフランスやアメリカよりも、テレビの画面のなかに香港を探していることに変りはないようであった。

母に対しては偉そうなことを言ったものの、考えてみれば私も同じようなことをしている。

一度でも自分の行った国、ペルー、カンボジア、ジャマイカ、ケニア、チュニジア、アルジェリア、モロッコ、そういう国が出てくると、どんなかけらでも食い入るように画面を眺める。

自分が見たのと同じ光景が出てくれば嬉《うれ》しいし懐《なつ》かしい。見なかった眺めだと、口《く》惜《や》しいようなねたましいような気持になって、説明に耳をかたむける。これは、行ったことのない国を見るよりも、もっと視線は強く、思い入れも濃いような気がする。

これも随分前のはなしだが、前の晩にテレビで見た野球の試合を、朝必ずスポーツ新聞を買ってたしかめる人を、勿体《もったい》ないじゃないの、お金と時間の無駄使いだといったことがあった。

その人は、私の顔をじっと見て、

「君はまだ若いね」

といった。

「野球に限らず、反芻が一番たのしいと思うがね」

旅も恋も、そのときもたのしいが、反芻はもっとたのしいのである。ところで、草を反芻している牛は、やはり、その草を食べたときのことを思い出しながら口を動かしているものであろうか。

故郷《ふるさと》もどき

二十代は民謡が嫌いだった。

いや、嫌いになろうとつとめていた。

そばや天ぷらや、そういうものを田舎くさいといやしみ、ステーキやビーフシチューをご馳走《ちそう》と思っていた。番茶よりコーヒーをしゃれたもの、文化的なものと思っていたように、民謡よりもシャンソンやオペラを上に置いていたところがあった。

ところが、三十代を通りすぎ四十代にかかると、ステーキやコーヒーよりも、ざるそばや番茶が疲れをいやしてくれることに気がついた。民謡に対して素直になれたのも此《こ》の頃である。

「佐渡おけさ」を聞くときには、モーツァルトを拝聴するときの背伸びはいらない。「さんさ時雨」には、アズナブールやブラッサンスを聴く気取りはいらないのだ。

よそゆきを着て、化粧をして、背筋をのばして聞くことはいらない。肌に馴《な》れた毛玉の出たおとしのセーターを着て、背中を丸めて、こたつに入り、みかんを食べる。うとうとしてきたら、そのまま体を伸して畳に寝そべればいい。夢見心地のなかで、風邪をひかないように誰かが綿入れの袢纏《はんてん》をそっと掛けてくれるのが判《わか》る——民謡にはそんな気安さがある。

私は東京生れの東京育ちである。「うちのいなか」というのを持っていない。

そのせいか、五木ひろしのうたうあれは何というううただったか。

祭りも近いと汽笛は呼ぶが
洗いざらしのGパンひとつ

というのを聞くと、ひどく羨《うらやま》しいというか、ねたましい気分になったものだった。お盆や正月に帰る田舎のない人間には故郷の山や河や味や盆踊りもうたもないのである。

ところが、どういうわけか、行ったこともない土地、見も知らぬ土地の他人さまの故郷のうたを聞いて、ジンとくることがある。胸のなかが白湯《さゆ》でも飲んだようにあったかくなって、それが目頭まであがってくる。

「江差追分」を聞くと、どうもいけない。この状態になってしまう。「佐渡おけさ」も、アブないし「郡上節」も気をつけないと、妙にしんみりしてしまう。

北の海で鰊《にしん》の漁をしたり、佐渡の金山で辛《つら》い労働をした人の血が、その喜怒哀楽が、どうして私の血のなかで波立ち騒ぐのだろうか。

私の血のなかに、私の先祖の、日本人のよろこびやかなしみが眠っていて、それが民謡を聞くと、眠りから覚めて、波立つのかも知れない。

若い時分、日本人であることに抵抗し、シャンソンだ、ステーキだと廻り道をしたものの、

「どう足掻《あが》いても、お前の出自《しゅつじ》は、これなんだぞ」

といわれているような、そのことが少しも口惜《くや》しくなく、かえって嬉《うれ》しくて、此の頃では逢《あ》ったことのないひいじいさんやひいばあさんに逢うような気持でテレビの民謡番組にチャンネルを合わすことがある。

日本の女

女性ばかりの外人団体客と、ホテルの食堂で一緒になったことがある。

アメリカ人だったが、日本で言えば何年も積立てをして、憧《あこが》れの日本旅行といった感じだった。ほとんどが中年、老年の女性で、車椅子《いす》の老婦人も二、三人まじっていた。朝から満艦飾に着飾った三十人ほどの集団が強い香料をまき散らし、大食堂の中央に陣取り、はしゃぎながら食事をする光景はなかなかの壮観であった。

私が一番びっくりしたのは、彼女たちが卵料理を注文したときであった。ボーイが注文伝票を持ち、ひとりひとり聞いて歩く。満艦飾のかたがたは、ボーイの目をひたと見つめ、はっきりした語調で、

「ポーチド・エッグ」

「プレーン・オムレツ」

「わたしはボイルド・エッグ。一分半でお願い」

茹《ゆ》で卵の人は時間まではっきり指定する。隣りの人と同じでいいわ、などという人はひとりもいないように見えた。大したもんだなあ、これが外国式というのか、と、当時、まだ海外旅行の経験がなかったことも手伝って、私は感心して眺めていた。だが、それぞれ注文した卵料理が出来て来たとき、私はもっと感心した。

「これは私の注文したものではない」といって、二人の老婦人が、差し出された皿をボーイに突っ返したからである。その一人は車椅子の人であった。

私は同じ年格好の母や、生きていた頃の祖母のことを考えてみた。昔の物固いうちの女たちは滅多に外食ということをしなかったが、それでも年に何度かは、家族揃《そろ》ってそば屋、鰻《うなぎ》屋ののれんをくぐることがあった。母や祖母は、こういう場合大がい注文をひとつのものにまとめるようにしていた。

「お祖母《ばあ》ちゃん、親子（ドンブリ）ですか。それじゃあたしもそうしましょ」

母は子供たちを見廻して、

「お前たちも親子でいいね」

一応聞いてはくれるが、その声音はそうしなさい、と言っていた。店のひとに忙しい思いをさせてはいけないというものと、子供たちに高いものを注文されまいというものがあったような気がする。

覚えているのは、鰻丼《うなどん》を頼んだのに鰻重が来てしまったときであった。母と祖母は一瞬、実に当惑したような顔をしたが、目くばせしあって、そのままテーブルに並べさせた。

「いいことにしましょうよ、お祖母ちゃん」

母が言うと、祖母も、

「その分、あとでうめりゃ、いいわ」と忍び笑いをして、「騒ぐとみっともないからね」とつけ加えた。

数えるほどだが外国を廻ってみて、西欧の女たちが、料理の注文ひとつにも、実にはっきりと自己主張をするのを、目のあたりに見て来た。正しいことだし、立派な態度だといつも感心する。見習わなくてはいけないと感心しながら、私はなかなか出来ないでいる。

たかがひとかたけの食事ぐらい、固い茹で卵を食べようが、オムレツを食べようが、おなかに入ってしまえば同じ卵じゃないか、というところがある。注文を間違ってもらったおかげで、私はモロッコで食べたこともない不思議な葱《ねぎ》のようなサラダを食べることも出来た。

ひと様の前で「みっともない」というのは、たしかに見栄《みえ》でもあるが含羞《がんしゅう》でもある。恥じらい、つつしみ、他人への思いやり。いや、それだけではないもっとなにかが、こういう行動のかげにかくれているような気がしてならない。

人前で物を食べることのはずかしさ。うちで食べればもっと安く済むのに、というしろめたさ。ひいては女に生れたことの決まりの悪さ。ほんの一滴二滴だがこういう小さなものがまじっているような気がする。もっと気張って言えば生きることの畏《おそ》れ、というか。

ウーマン・リブの方たちから見れば、風上にも置けないとお叱《しか》りを受けそうだが、私は日本の女のこういうところが嫌いではない。生きる権利や主張は、こういう上に花が咲くといいなあと、私は考えることがある。

アンデルセン

はじめて訪れる、しかも土地不案内の人に自分の住まいを要領よく教えるのは、なかなかむつかしい。私はマンション暮しだが、私の住んでいる青山界隈《かいわい》はそれこそマンション部落で、似たような名前の建物だらけである。地下鉄表参道駅下車と教えたのに外苑前《がいえんまえ》で降りてしまい、しかもその駅の近辺に私のと酷似した名前のマンションがあったらしく、そこへ飛び込んで、

「そんな人は住んでいませんよ」

と言う管理人と渡り合ったというかたまでおいでになる。年に二、三人はこういう遭難騒ぎがある。

十年住むと、さすがに教え方もうまくなった。相手が十代二十代の、お洒落《しゃれ》で原宿あたりを歩いたことがありそうな人だと、

「アンデルセンをご存知?」

「パン屋でしょ」

「あの真裏のマンションよ」

これで済むのである。

その通り、アンデルセンはパン屋とケーキ屋の中間のような洒落た店である。十年前に開店したときは、客がトレイを抱えて好きなパンを取る形式が人気を呼び、このあたりの名物のひとつになっていた。

ところが、四十代五十代のかただとこうはゆかない。

「青山通りにアンデルセンというパン屋がありますが……」

と言わなくてはならない。

「はあ、アンデルセンがパン屋ですか」

そのかたは少し面白くないという口調でこうつけ加えられた。

「まあ、アンデルセンもパンを食ったでしょうから、仕方がないでしょうがね」

そしてもう一度、「アンデルセンがパン屋になりましたか」と繰り返されたりする。

こういうかたは、正直いって道順の呑《の》み込みもよろしくなく、同じことを何度も繰り返して言わねばならなかったりして、締切が迫っているときなどかなり焦々《いらいら》した。

だが、落着いて考えてみると、このほうが正しいと思うようになった。アンデルセン、と聞いて、間髪を入れず「パン屋でしょ」という若い人に反撥《はんぱつ》を覚えるようになった。

たまには意地悪をして聞いてみる。

「アンデルセンてご存知？」

「パン屋でしょ」

「すぐそういう風に言わないでよ。そのモトのアンデルセンを聞いているのよ」

「ええと、アンデルセン……、何だっけ」

若い人は、必ず絶句する。

「あ、判《わか》った。北欧の、なんとかって港にある人魚の像——違ったかな」

すぐには思い出せないらしい。子供の頃に「絵のない絵本」の「マッチ売りの少女」を読んで涙ぐむ代りに、「オバＱ」や「ゲゲゲの鬼太郎」に夢中だったのであろう。「ミラボー橋」の歌詞ではないが、「時は流れわたしは残る」というところである。

まだ大丈夫とうぬぼれているうちに、人生の折り返し地点を過ぎてしまったなあ、という実感があったせいか、週刊誌の連載エッセイにお布施《ふせ》のことを書いた。書きながら、布施というディレクターがおいでになることを思い出して、電話をかけてみた。彼は私が脚本を書いた番組の収録中である。苗字《みょうじ》の由来、お布施との関係を聞くと、

男《お》どき女《め》どき

新潮文庫　む－3－4

昭和六十年五月二十五日　発行
平成二十三年七月五日　六十一刷改版
令和五年十二月五日　七十一刷

著者　向《むこう》田《だ》邦《くに》子《こ》

発行者　佐藤隆信

発行所　株式会社　新潮社

郵便番号　一六二―八七一一
東京都新宿区矢来町七一
電話　編集部（〇三）三二六六―五四四〇
読者係（〇三）三二六六―五一一一
https://www.shinchosha.co.jp

価格はカバーに表示してあります。

乱丁・落丁本は、ご面倒ですが小社読者係宛ご送付ください。送料小社負担にてお取替えいたします。

印刷・錦明印刷株式会社　製本・株式会社植木製本所

ISBN978-4-10-129404-9 C0193

知らないと言う。

虫の居所が悪かったのであろう、私はカッとなってしまった。

「あなた、自分の苗字について、親に聞いたり調べたりしたことないの」

怠慢でした、済みませんと、謝らせてしまって電話を切った。切ってから、私はハッとした。怒っている私も、向田という苗字の由来を調べたり親にたずねたことは、ただの一度もないのである。生れたときからくっついている空気のようなもので、格別気にしたことはなかったのだ。布施さんがそう反論されなかったのは、私の台本の上りが遅いので収録に忙しく、それどころではなかったのである。

そういえば、電話で若い編集者にアンデルセンについて、お説教を垂れていたとき、こういうやりとりがあった。

「あなた達、子供のときアンデルセンやグリムの童話を読んだことないの」

偉そうに言った私に、彼はこう反論した。

「アンデルセンは思い出したけど、グリムは知らないなあ。どんなの書いてるんですか」

私は絶句して、答えることが出来なかった。

サーカス

サーカスが街にやってきた。

一番人気は小人《こびと》の道化師である。さっそく新聞記者がこの小人にインタビューに出掛けた。泊っているホテルの部屋をノックすると、太い声で、どうぞと言う。

ところがドアを開けると、中に居るのは見上げるような大男である。部屋を間違えたかと思い引っこもうとすると、

「オレがそうだ」

と言う。

「だって、アンタはでっかいじゃないか」

「当り前さ。今日はホリデイ（休日）だ」

イギリスのジョークだが、サーカスのこわさがよく出ている。

九十九パーセントの成功と、一パーセントの失敗を期待して、人々はサーカスに出掛けてゆく。

オートレースに事故がなかったら、

闘牛士が絶対に牛に突き殺されなかったら、

空中ブランコが絶対に墜落しなかったら、

見物人は半分に減り、ため息も興奮も拍手も恐らく今の半分であろう。

道化師に笑いながら、私たちは気持の隅っこでサーカスに悲劇を期待している。

しかし、大抵の場合、期待は空《むな》しく裏切られて、払った入場料と同じ重さの冷汗を掻《か》き、安心したような哀《かな》しいような気持で帰ってくる。

体が軽くなった気がして、その晩はいつもと違った夢を見る。

笑いと嗤《わら》い

うちは笑い上戸の血筋である。

母も私たち娘も、一旦《いったん》おかしいとなったら、こらえ性がなかった。だが、この血は女系にだけ遺伝したらしい。父は滅多に笑わず怒り上戸であった。

例えばのはなし、来客が帰りぎわに玄関でオーバーを着るとき、袖裏《そで》のほころびに手を突っ込んでしまいタコ踊りになる。こういう場合、母はそんなものは見もしなかったという顔で介添えをしながら、背中とお尻《しり》を蒟蒻《こんにゃく》のように震わせて、体中で笑っていた。客の靴音が聞えなくなるのを待ちかね、下駄《げた》箱にしがみついて吹き出した。うしろにならんでお見送りの子供たちも、母のお太鼓に飛びついて、折り重なって笑い崩れた。

「馬鹿《ばか》！　何がおかしい」

父は必ず一喝した。

「女房が無精だと男は出先で恥を掻《か》くんだ。よく見ておきなさい」

こんなことで笑っては男の沽券《こけん》にかかわるという風に、肩をそびやかして奥へ入っていった。

人間がほかの動物と違うのは、笑いを持っていることだと書いたものを読んだ記憶があるが、同じ人間でも男の笑いと女の笑いは別である。

にらめっこがおかしくなくなったとき、男の子はおとなになる。女がヘンな顔を見ても笑わなくなるのは、老婆《ろうば》になったとき、死に目が近いときであろう。箸《はし》が転げて笑うのは女である。男はそんなものでは笑わない。女は、身に覚えのあるもの、目に見えるものしかおかしくないのだ。政治や社会現象は目に見えない。抽象画である。女は笑うことは出来ても、嗤うことは出来ない仕組みに体が出来ているらしい。

私は祖母や母が、近衛《このえ》さんや東条さん、吉田《よしだ》さんや池田さんで笑ったのを見た覚えがない。ところが、ありがたいことに、私たちには山藤さんがついている。ついているというのは馴《な》れ馴《な》れしい言い方だが、「ブラック＝アングル」で、山藤さんが、ちゃんと絵にしてみせてくださった。諷刺《ふうし》に形がつき色がつき、解説までつけていただいて、抽象は具象になった。男女同権とは言っても、こと笑いに関しては、女は開発途上国だから嗤うまでにはいっていないが、とにかく男と一緒になって、世相を笑うことが出来るようになった。

すべて山藤さんのおかげである。

山藤さんの作品は、私ごときが云々《うんぬん》するまでもなく、鋭いくせにあたたかく、軽くて重く、粋《いき》でスマートで、激しい毒を持っている。猛毒のくせにさわやかではにかみがある。

大体、毒とさわやかさと含羞《がんしゅう》なんてものは、ひとつに融《と》け合わない性質のものであろう。レモンはレモンらしい色と形と匂《にお》いを持っているし、河豚《ふぐ》は見るからにまがまがしい格好をしている。

だが、世のなかには、レモンの格好をして河豚の毒を持つ河豚レモンというかたもおいでになる。山藤さんは、そのまま根津甚八の代役にしたいような、長身白皙《はくせき》の美男でいらっしゃる。私は、座談会で噂《うわさ》にたがわぬその素敵なお姿を拝見しながら、何たることかとあきれてしまった。もっとも考えてみれば、河豚だって白い美しい身と極上の美味を持っている。さわやかなレモンも、舌を刺す酸《す》っぱさがあり、色を白くしようとそのまま顔に塗れば、刺激が強過ぎて、翌朝は顔の皮がむけている。

河豚は食べたし命は惜しいではないが、私めも、名前を出して物など書いているからには、何十年か先のことでもいい、死ぬまでに一度くらいは山藤さんのお手にかかりたいものと、つまり似顔絵を描いていただける身の上になりたいものとひそかに願っていた。

ところが意外にもその日は早くやってきて、夕刊フジの紙面に、一円玉ほどの大きさで、その他大勢の一人としてであったが描いていただけたのである。

「あ、嬉《うれ》しい」と思い、次の瞬間、「う」となってしまった。私よりも、私にそっくりであった。

顔で食べているわけではないが、私とて女のはしくれである。山藤さんにお目にかかるときは、赤いものや青いものを顔に塗りたくって出かけていった。ところが、描いていただいた絵は起きぬけの顔であった。もうひとつ驚いたことは、私にも似ていたが、それ以上に私の叔父にそっくりなことであった。母方の三郎《さぶろう》叔父である。油断も隙《すき》もあったものではない。当代切っての似顔絵師は、一度しか逢《あ》ったことのない女の顔から化粧をはぎとり、その家系図までお見通しなのである。

私がいまの若い人を羨《うらやま》しく思うのは、成長してゆく過程で、その年々に流行《はや》った歌を持っていること、すぐれた諷刺家と共に生きられたことである。あとになって自分史をひもといたとき、音と形がどれだけ思い出を豊かにしてくれることか。

一九七七年、昭和五十二年という年号は不鮮明でも、都はるみの「北の宿から」、あの鬼頭さん、ルーツに研ナオコのシンデレラ、プレスリーも死んでレラ、アミンにパンダに「天は我々を見放した」、キャンディーズが「エーゲ海」で解散した、マリファナに江川選手、と「ブラック＝アングル」一冊あれば、わが笑いのナツメロが出てくるのである。

もう少し早く山藤さんが生れていらしたら、「チャタレー裁判」や「オー・ミステーク」「踊る神様」「君の名は」「ヘプバーン旋風」や「モンローウォーク」そして「六〇年安保」は、もっと生き生きとして人間臭い絵となって、私の脳ミソに刻み込まれたであろうに、と、残念でならない。

毒があるくせにあたたかいと書いたが、山藤さんの毒牙《どくが》にかかった人たちは、随分とトクをしているのではないかと思う。

コケにされていながら、皮肉られ笑われたことで、罪一等を減ぜられたというところがある。人間というのは、おたがい、おかしなものだなあという気にさせるものが絵のなかにある。山藤さんは市中引き廻しにしたり、百叩《たた》きにすることはあっても絶対に斬《き》り捨てない。さらし首にしない。モデルにした分、嗤った分だけ、マイナスの人気者にして救っている。だから、これから先、どんなに時の権力者を嗤っても、オチョクっても、山藤さんはテロリストに刺されたりはしないだろう。逆な言い方をすれば、山藤さんに描いていただけなくなったら、お仕舞いである。

父を「怒り上戸」と言ったが、子供の頃父が新聞を見たりラジオのニュースを聞いて笑ったのを見た覚えがなかった。

昔の日本男児だから、物事を笑いのめすことが不得手なこともあるが、笑うタネもないほど暗い時代だったのであろう。

今を必ずしもいい時代とは思わないが、すくなくとも戦争で毎日人が死ぬことはない。怒りながらも笑うことが出来る。「ブラック＝アングル」が毎週生れるということ自体、明るい時代なのであろう。韓国やカンボジアにまだ山藤さんは生れそうにもないのだから。

あの暗いトンネルの時代をくぐり抜けてきたせいか、笑い損った分も取り戻したいと思うのか、私はもっともっと、時代を嗤って暮したい。

山藤さんの作品を笑っているうちに、女もすこしずつ笑いが判《わか》るようになる。苦手な諷刺の味が判るようになる。新聞の一面を読んだだけで、ヘンだな、と思ったり、苦笑失笑哄笑《こうしょう》が出来るようになる。

男女同権は、そのときやっと本ものになるのだ。山藤さんの「ブラック＝アングル」はそのための水先案内人であり、稽古《けいこ》台であり踏絵でもあると、私は思っている。

伯爵《はくしゃく》のお気に入り

左の耳たぶに一滴つけてみる。新しい香水を試みるときの私流のやりかたである。わざと黙って坐《すわ》っている。ソファで昼寝をしていた伯爵がうす目をあけた。ゆっくりと伸びをして立ち上がる。彼は気づいたのだ。しかし、安っぽく駆《か》け寄ったりしてはプライドにかかわるから、わざと無関心をよそおって、テーブルの脚に身体《からだ》をこすりつけたりしながら、退屈しのぎにやってきたぞ、といった顔で近寄ってくる。

伯爵は雄猫である。タイのやんごとなき名門の出で、姓名の儀は、マハシャイ・マミオ。タイ出身の美女のチッキイ夫人のほかに、八王子には愛人も——なんだ猫か、馬鹿馬鹿《ばかばか》しい、とおっしゃるなかれ。伯爵は匂《にお》いに関してはプロなのである。アジや煮干しの匂いにもはしたなく身を震わすが、女性の香料にもうるさい。いい加減な甘ったるい安香水に、彼は人を小馬鹿にしたような小さなクシャミをもって報いる。

さて、彼は肩に手（正確には前肢《まえあし》）をかけた。銀色の端正なひげが頬をくすぐる。

懐中じるこのような色をした濡《ぬ》れた鼻が、耳たぶに二度三度軽くふれている。鼻孔が、フッフッとかすかな音をたてる。ゴツン！　伯爵はいきなり頭突きをくらわせた。極めてきげんがいいのである。新しい香りを気に入ったのである。二、三度頭突きをくれてから、銀色の爪《つめ》にしんなりと力をこめて飼主を引っかいた。

そうか。合格か。それでは新しい初夏のドレスができ上ったら、「錦」をつけてデイトにゆくからな。マミオ伯爵よ、お前は留守番をしておくれよ。

V

花《か》底《てい》の蛇《じや》

東洋古陶磁の権威であられた故小山冨士夫《ふじお》氏は、趣きのある字を書かれるかたとして有名でいらしたが、初対面の酒席で「何か書いてあげましょう」とおっしゃった。私は「花」という字をお願いした。小山氏は、私に口紅を所望なさり、色紙いっぱい溢《あふ》れるように「花」と書いて下さった。チビっていた私の口紅はお仕舞いになってしまったが、その豪華さ勁《つよ》さは、花という字にもこんな書き方があるのかと、ああと声が出るほどであった。

栗崎さんの花をはじめて見たとき、私は色紙いっぱい溢れるような小山氏の「花」を思い出した。

このひとの花には、魔力がある。人を酔わせるなにかがある。大きくて分厚くて、不思議な色気がある。

何とか流という看板のついた花には、なるほど恐れ入りました、というものがあるが、栗崎さんの花には、そんなものはない。権威も真善美もそんなものはどうでもいいのだ。うしろから突っかえ棒をかったり、枝を矯《た》めたりして花を泣かせることはしない。好きな器に、好きなように、好きなだけ花をほうり込んで、それがそのまま「花」になっている。

何とか流の活《い》けた花は、正座してシンと静まりかえっているが、栗崎さんの花たちは、膝《ひざ》をくずしておしゃべりしている。歌っている。本来なら出逢《であ》う筈《はず》のない日本の花と異国の花が、からだとからだをくっつけあって、くすくす笑いをしている。

栗崎さんの花には、体温がある。花の匂《にお》いと花の匂いが、溶けあいまじりあって、汗をかいたり、ため息をついたりしている。

花は、どんな花でも美しいが、よくよく見ると、こわくなることがある。形も色も、美し過ぎて恐ろしい。

花をいけるということは、やさしそうにみえて、とても残酷なことだ。花を切り、捕われびとにして、命を縮め、葬《ほうむ》ることなのだから。花器は、花たちの美しいお棺である。

花をいけることは、花たちの美しい葬式でもある。この世でこれ以上の美しい葬式はないであろう。栗崎さんは、私の知る限り最高の司祭である。

もとはフランスの石炭入れだったという赤銅《あか》の大きな器に、色とりどりの花が気の遠くなるほど大量にほうり込まれているのを見たことがある。そのみごとさに圧倒されながら、私は、あのなかになにかがいるという気がして来た。

人を酔わせるごく小量の毒。一匹の蛇。そういえば中国の諺《ことわざ》に「花底蛇《かていのじゃ》」という言葉があると聞いたことがある。美しいもののかげにこわいものがある。心やさしいものの下に、貪欲《どんよく》に美を探す醒《さ》めた眼がある。

壊れたと壊したは違う

小学六年のとき、父に買ってもらったガラス製の筆立てを落として割ってしまった。

「買ってやった筆立てはどうした」

失《な》くなっているのに気がついた父が、たずねた。

「壊れました」

軽い気持で答えると、急に語気を強め、

「もう一度いってみろ」

あっ怒られるな、と一瞬思った。でも、もう一度オズオズといった。

「壊れました」

すると、いきなり平手で頬を張り飛ばされて、私はあお向けに畳の上に転倒した。

わけもわからず呆然《ぼうぜん》とする私を、父は顔に青筋をたて、にらみ下ろすと、

「ちゃんと言ってみろ。おまえが壊したんだろう。それとも、ジーッと見ているうち

に、筆立てが自然にパカッと割れたのか」

とてつもなく威圧的な声だった。私は喉《のど》をヒクつかせながら、つまる声で答えた。

「落っことしました」

すると、父は少し声を落として、

「そんなのは、壊したというんだ。壊れたというのとはぜんぜん違うんだ」

そして紙に鉛筆で、「壊れた」「壊した」と書き、私の顔につきつけると、

「どうだ、違うだろ、ハッキリしろ、これからも、ずっと、そうしろ」

と命令した。父が立ち去ったあと、私はくやしくて嗚咽《おえつ》が止まらなかった。正直いってなんとひどい親だろうと恨みもした。

明治生まれの父は、格別の教養もなく、保険会社の支店長までつとめたありふれた日本男児である。血圧が高く、趣味みたいに怒っていた。長女の私は、父の怒りをもろにかぶっていた。

その父も十年前に亡《な》くなったが、今思うと、けっして子どもに媚《こ》びず、手かげんしなかった生き方は立派ではないか。おかげで、自分で考え行動する習慣がついたし、そういう意味では感謝している。

無口な手紙

自分がおしゃべりのせいか、男も手紙も無口なのが好きである。特に男の手紙は無口がいい。

昔、人がまだ文字を知らなかったころ、遠くにいる恋人へ気持を伝えるのに石を使った、と聞いたことがある。

男は、自分の気持にピッタリの石を探して旅人にことづける。受け取った女は、目を閉じて掌《てのひら》に石を包み込む。尖《とが》った石だと、病気か気持がすさんでいるのかと心がふさぎ、丸いスベスベした石だと、息災だな、と安心した。

「いしぶみ」というのだそうだが、こんなのが復活して、

「あなたを三年待ちました」

沢庵石《たくあんいし》をドカンとほうり込まれても困るけれど（ほんとにそうだと嬉《うれ》しいが）、「いしぶみ」こそ、ラブレターのもとではないかと思う。

現代は、しゃべり過ぎの時代である。ラジオのディスク・ジョッキー、テレビの司会者、そして私などにも一端の責任があるのだが、ホーム・ドラマがいけない。そのせいか、男の手紙が、特に若い人の手紙が、おしゃべりになってきた。字や文章だけでは、男か女か判《わか》らなくなっている。

しゃべるように手紙を書くことは、手紙文例集の引き写しのこわばった、死んだ文章にくらべれば結構なことだが、すこしばかり「めめしい」のである。反対に女の手紙が「雄々しく」なってきた。男女同権がおかしなところで実を結んでいる。

月並なことだが、

簡潔

省略

余韻

この三つに、いま、その人でなければ書けない具体的な情景か言葉が、ひとつは欲しい。

ヨーロッパへ旅行中の友人から絵葉書が届いた。その日食べた朝、昼、晩のメニューだけが書いてあった。この絵葉書を、私はずい分長いこと、料理の本のしおりに使っていた。

いい手紙、特にハガキは、字余りの俳句に似ている。行間から、情景が匂《にお》い、声が聞こえてくる。

今までに一番心に残る手紙といわれると、戦争末期に、末の妹が父あてに出した何通かの手紙ということになる。これは以前に、随筆に書いたので気がさすのだが、代わりが思い浮かばないので、書かせていただくことにする。

東京空襲が激しくなり、小学校に入ったばかりの妹も、自分の名前を書いた雑炊用のドンブリを手に、学童疎開《そかい》をしたのだが、買い出しで手いっぱいだったのだろう、両親は妹に字を教える閑《ひま》がなかった。自分の名前がやっと、という妹のために、父は暗幕をおろした暗い電灯の下で、びっくりするほど沢山のハガキに、自分宛《あて》の宛名だけを書いていた。出発の前の晩、父はハガキの束を妹の小さなリュックサックに入れながら、

「元気な時は大きいマルを書いて、一日一通必ず出すように」

といってきかせた。

四、五日して、一通目が届いた。

ハガキからはみ出すほどの大マルが、赤エンピツで書いてある。東京からきた、おなかをすかせた子供達のために、地元の国防婦人会がお汁粉を作って歓迎して下さっ

たそうで、遠足にでも行った気分だったにちがいない。

ところが、次の日からマルは急激に小さくなってきた。夕方、父が勤めから帰ってくる。当時は民間人でも皆、国民服にゲートルを巻いていた。玄関で巻きとったゲートルをほうり出すようにして上がり、茶の間に駆けこむ。食卓に、妹からのハガキが載っている。うすい鉛筆の、勢いの悪い小さなマルを、父は何もいわずに見ていた。

宛名だけが、自分宛なのに筆で一点一画もおろそかにしないキチンとした字で書いてあった。几帳面《きちょうめん》な性格もあるだろうが、あの宛名には、この一日元気でいて欲しいという父の思いがこめられていたのであろう。

マルはやがて、バツになり、そのバツのハガキも来なくなった。妹は百日咳《ぜき》で寝込んでしまったのである。

母が迎えにゆき、別の子供のようにやせ細った妹が帰ってきた時、茶の間に坐《すわ》っていた父は、裸足《はだし》で門へ飛び出し、妹を抱えこむようにして号泣した。私は大人の男が声を立てて泣くのを初めて見た。

立派そうなことを書いたが、私は手紙について語る資格はないのである。

字が下手なこと。そのくせ、少しでもマシなものを書きたいという見栄坊《みえぼう》なこと。

それでいて物ぐさなこと――整理整頓《せいとん》がよくないので、切手がすぐに見つからない

――そんな理由が二乗三乗して、こと手紙に関しては、手を合わせて四方八方遥拝《ようはい》しながら、不義理のしつづけである。

手紙にいい手紙、悪い手紙、はないのである。どんなみっともない悪筆悪文の手紙でも、書かないよりはいい。書かなくてはいけない時に書かないのは、目に見えない大きな借金を作っているのと同じなのである。

甘くはない友情・愛情

友情、愛情。

甘く美しいものにみえますが、このふたつ、それだけでは駄目なんですね。

人間には、人に見せない、見せたくない顔があるものです。「あ・うん」の主人公水田仙吉は、しがない月給取りですから、軍需成金で美男の親友、門倉修造を妬《ねた》ましく思わないわけがありません。しかも、門倉は自分の妻たみに惚《ほ》れているのです。それを知りながら、人間としての門倉に惚れています。

門倉のほうも、たみには指一本触れず、全身全霊で、水田一家に尽くします。たみにも、門倉の愛を知りながら、決して法《のり》を越えることはありません。

嫉妬《しっと》、劣等感。普通に考えれば、友情をこわす原動力ともなるはずのものが、ここではかえって、三人を結びつける接着剤の働きをしています。

みにくいもの、危険なものをはらんでいるからこそ、そこで結ばれた人間同士のきずなはほんもの、という気がいたします。

女には、これが欠けているのかもしれませんね。夫の地位や収入。子供の出来・不出来。もっと手っ取り早く言ってしまえば女同士、逢《あ》ったときの身なりひとつでも、小さく傷ついたりします。それを乗り越えて気持の深いところでつき合うのは、女にとって、とてもむつかしいことです。私自身も、出来ません。

女は具体的な動物です。夫を愛し子供を愛する本能はすぐれていますが、友情という抽象的な精神は男にはかなわないのでしょう。

私は、それはそれでよい、と思っています。女のからだや精神の仕組みが、そういう風に出来ていないのですから。でも、男同士の間に、ごくたまにみかける、醜も不快も、ときに呑《の》み込んだ分厚い友情を見せられると、いいなあ、と思います。私がこの物語を書いたのも、自分の持っていない、こういう大きな気持がうらやましかったのでしょう。

現代社会の味気ない人間関係を批判した作品、と書いていただきましたが、私にはそんな大それた気持はありませんでした。私の生まれ育った戦前の、昭和十年から十三年にかけての東京山の手の中流家庭。ヨウカン色に変色した二枚の家族の記念写真。怒ったような顔をして、不器用に突っ立っているお父さんやお母さんや娘。

教育勅語のことば通り「夫婦相和シ朋友《ほうゆう》相信ジ」――でも、そのしかつめらしい皮膚のすぐ下には、それだけではない人間としての赤い血が流れていた――そんなものが描けたらいいな、と思って書きはじめた覚えがあります。

結果的にそういうものが流れていて、読み取っていただけたとしたら、作者冥利《みょうり》に尽きるというものです。

読んだかたにはおわかりのことですが、「あ・うん」というのは、神社の前に坐《すわ》っている二頭のこま犬のことです。

(編集部註・小説「あ・うん」について読者の投書に答えたものです)

黄色い服

デパートの洋服売場を歩いていて、ふとよみがえるものがあった。

四十何年か前に、たしか七歳の幼い私は、ひとりで子供服売場を歩いた記憶がある。ひとりで、と書いたが、別に孤児《みなしご》ではないので、父も母もちゃんといた。デパートの別の売場で、父のラクダの下着かなんか見ていたのだと思う。私は両親に連れられて夏のよそゆきを買いに行ったのだが、うちの親は私を子供服売場へ連れてゆくと、

「お前の好きなのを選びなさい。ただし、今年は一枚しか買ってやらないよ。デパートに迷惑をかけるからあとになって泣いて取り替えることは出来ないのだから、よく考えて決めなさい」

すこしたったら見にくるから、と言い残して居なくなってしまったのである。

私は子供のくせに、好みにうるさいと言うのか我がままで、嫌いな色の手袋だとはめずにいて、しもやけが出来てしまう、というところがあった。洋服の形にもやかま

しくて、このリボンはいらないから取ってくれと、駄々をこねたことがあった。そんなところから、親にしてみれば懲《こ》らしめてやれというおもんぱかりがあったのかも知れない。

季節は初夏であったと思う。デパートは、当時父の仕事の関係で住んでいた、宇都宮の上野という店である。

デパートの人はさぞびっくりしたろうと思う。小さい子供がひとりで、洋服売場をかけ回り、いろいろな洋服を胸にあてがっているのである。

待ちくたびれた親を、待合室の長椅子《いす》で散々待たせてから、ようやく私が決めたのは黄色い服であった。黄色の絹の袖《そで》なしで、胸のところにシャーリング（縫い縮め）があり、胸から下には、クリーム色のオーガンディがふわっとかぶさっていた。胸には、黄色と黒のオーガンディでつくった造花がついていた。黒は、袖なしのところにも縁どりとしてあしらってあった。今まで一度も買ってもらったことのない綺麗《きれい》な色の、フワッとした夢のような服を、子供心にいいなあと思ったのであろう。

ところが、父は私の選んだ黄色い服を一目見るなり、

「カフェの女給みたいな服だな」

吐き出すように呟《つぶや》いた。カフェの女給さんというのを見たことはなかったが、祖母や母の会話から、香《かんば》しくない職業の人たちということは見当がついた。

この服は、その夏と次の夏、私のよそゆきとなったわけだが、どうもこの服を着ると、父のきげんが悪いのである。

「また、その服か」

と、いやな顔をする。

ほかの季節にくらべて、よそへ連れていってくれる回数が少ないように思えた。「カフェの女給」といわれたせいか、母の鏡の前に立つと、すこし品が悪いようで気が滅入《めい》った。ほかのにしたいと思ったが、前の年のは体に合わなくなっているし、自分で選んだのだから文句を言うな、と釘《くぎ》を差されているので、これで我慢するよりほかはなかった。

これを皮切りにして、うちの親は洋服を買うときは私に選ばせてくれるようになった。といっても一人で売場に追っ放すということはあれ以来無くて、そばについているだけなのだが。

選ぶ私の方も慎重になった。

ちょっと見にいいと思って選ぶと、あの黄色い服のように失敗をするのである。帽子にも合わなくて、損をするのは自分だということに気がついていたのであろう。

次の年の冬だったか選んだぶどう酒色のオーバーは評判がよかった。

「お前がそれを着てると、お母さん、うれしくなるわ」

と母も言ってくれた。黒いエナメルの靴とも合ったし、黒いビロードの背広を着ている弟と並んで写真を撮ったら、とてもうつりがよかった。

「あのオーバーに合うと思って」

と、ビロードで出来た黒猫の子供用のハンドバッグを下さった父の友人もいた。少し地味目の品のいいものを選ぶと、自分も気分がいいし、まわりもきげんがよくて具合がいい、ということをこのとき覚えた。このぶどう酒色のオーバーは、妹二人におを下がりをして、そのあと長くうちの物置きで眠ってから、戦後の衣料のない時期に、妹のハンドバッグと帽子になった。つまり二十七、八年もの間、わが家にいたことになる。

今にして思えば、これもまたひとつの教育だったと思う。

勿論《もちろん》、これは結果論である。大して教育もない明治生れのうちの親に、そう大した教育理念があったとは思えないが、長い歳月を経て考えれば、私はあれで、物の選び方を教わった。

責任をもって、ひとつを選ぶ。

選んだ以上、どんなことがあっても、取りかえを許さない。泣きごとも聞かない。親も大変だったと思う。私が選んだものを、高いから嫌だとは一度も言わなかったが、保険会社の支店次長だった父がそうそう高給を取っていたとも思えないからである。何枚も買わされるよりいいと考えたのか、それとも、この方がこの子のためになると思ったのか。

はじめて黄色い服を選んで、四十年以上もたっているが、この頃になって、これは、洋服だけのことではないなと気がついた。

職業も、つき合う人間も、大きく言えば、そのすべて、人生といってもいいのか、それは私で言えば、黄色い服なのであろう。一シーズンに一枚。取りかえなし。愚痴も言いわけもなし、なのである。

美醜

ベランダに雀《すずめ》がくる。

一羽だけのこともあるし、三羽四羽連れ立ってのこともある。チチ、と鳴きかわし、羽づくろいをしたり突つき合いの大騒ぎをして遊ぶところはなかなか楽しい眺めだが、どうも私には区別がつかないのである。どれが雄でどれが雌なのか、どれが美貌《びぼう》でどれが利口そうなのか見当もつかない。みな同じ雀に見える。これは私が小鳥を飼ったことのないせいだろう。その証拠に、私は三十年近く猫を飼っているが、猫の区別だけはどうにかかつくのである。

チラッと見ただけで、まだ仔《こ》を生んだことのない雌だな、可愛《かわい》がられて育った甘ったれだな、ジャケンに育てられて、人間を信用していないな、人当りはいいがイザとなったら強そうだぞ、などと判断がつく。美醜は勿論《もちろん》ピンとくる。ところが、これはあくまで人間から見た規準らしいのである。

うちにビルという猫がいた。

雄の虎《とら》猫で、ひいき目かも知れないが、かなりの美男だった。私は彼のお嫁さんに、近所のシロを考えていた。水際《みずぎわ》だった美貌ではないが愛くるしい顔だちをしている。育ちがいいせいか毛艶《けづや》もよく気立てもやさしい。やっと一人前になった未婚のお嬢さんだったが、わが家の梅の木を上ったり下りたり引っ掻《か》いたりしながら、ビルの気を引いているところもいじらしかった。

ところが、ビルが選んだのは、一軒おいて隣りの年増《としま》猫であった。小肥《こぶと》りの三毛で、何度も仔を生んだおなかは、見苦しくたるんでいる。おまけに足が悪くて、片目にはいつも目やにをためている気の強い雌だった。つまり、ビルは山口百恵《ももえ》を振って悠木千帆を選んだのである。

「あんなオバサンのどこがいいんだ」

朝帰りしたビルを私は叱《しか》ったが、彼はうす目をあけて私を見ただけで一切弁解せず、生意気にいびきをかいて眠りこけていた。二月後、悠木千帆の飼主が回覧板の上に仔猫を二匹のせて我が家にあらわれた。ビルそっくりの虎猫の仔が細かく体を震わせていた。認知を迫られて、母はおろおろしていたが、これは一体どういうことなのだろうか。

専門家に伺ったところでは、動物の雄が配偶者を選ぶ規準は、まず雌として生活力旺盛《おうせい》なこと、次に繁殖力、そして子育てが上手なことだという。人間からみて、あら可愛いいわね、などというのは、彼らの目には入っていないらしい。雌が雄を選ぶ規準は、まず強いこと。おしっこ臭い匂《にお》いを発散させ、好色であることだという。

まず生きること。そして種を殖やすことが先なのである。人間も昔はこうだったのかも知れない。文化を持ち、文明が進んだおかげで、氏を言い素性を問い、学歴、系累《けいるい》を云々《うんぬん》する。鼻は高いほうが上等、目は大きいほど美しい、脚は細く長いほうがいい、という誰が決めたか知らないが美醜の規準が出来上って一喜一憂している。仕方がないことかも知れないが、時にはうんと素朴に、生きてゆくには何が大切か考えてみるのも無駄ではないような気がしている。

初出誌一覧

男どき女どき

鮒　昭和56年7月『小説新潮』
ビリケン　昭和56年8月『小説新潮』
三角波　昭和56年9月『小説新潮』
嘘つき卵　昭和56年10月『小説新潮』

＊

再会　昭和55年10月『銀座百点』
鉛筆　昭和56年『別冊文藝春秋』夏号
若々しい女について　昭和53年10月『マダム臨時増刊』
独りを慎しむ　昭和55年『はんえいくらぶ』秋号
ゆでたまご　昭和52年10月『あけぼの』
草津の犬　昭和53年5月『いんなあとりっぷ』
花束　昭和54年6月『Ｍａｙ Ｋｉｓｓ』
わたしと職業　昭和51年10月1日『ベターライフ』
反芻旅行　昭和55年『ていくおふ』夏季号
故郷もどき　昭和56年3月『民謡文庫』

日本の女　昭和55年9月『日本文化』
アンデルセン　昭和56年2月『中央公論』
サーカス　昭和54年11月『ビックリハウス』
笑いと嗤い　昭和56年1月『波』
伯爵のお気に入り　昭和48年6月『花椿』
花底蛇　昭和55年6月『栗崎曻作品集　花たち』（文化出版局）
壊れたと壊したは違う　昭和54年7月『現代』
無口な手紙　昭和54年2月11日『サンデー毎日』
甘くはない友情・愛情　昭和56年8月26日『日本経済新聞』
黄色い服　昭和55年『ひろば』春号
美醜　昭和52年2月1日『青い鳥』

（御遺族と相談の上、編集部の責任で編集しました）

解説

風間完

向田さんとは昭和五十一年の冬、銀座のレストランで車谷《くるまだに》弘さんに紹介されて知り合った。

車谷さんはその頃〝銀座百点〟というタウン誌の編集責任者をしていてその表紙絵を私が、向田さんはコントふうの随筆を毎号載せていた。二人とも車谷さんに拾い上げられて執筆者の一人にして貰ったと言ってよい。

この時のコント集はその後「父の詫《わ》び状」という題で単行本になった。

初めて交わした会話は「ムカイダ」と読むのと「ムコウダ」と読むのでは意味がすこし違ってくるが本当は「ムコウダ」と言うのだというようなたあいのないものだったのをよく憶《おぼ》えている。

その後小説家と挿絵画家という関係で何回となく顔を合わせる機会があったが、大体に於《お》いて話の内容はいつもこんなものだった。

〝銀座百点〟という小冊子が他の雑誌と違った自由さとスマートさを持っていたということもあるが、車谷さんという人もご本人がしゃれた俳句を作る通人だったせいもあって、みんなが集ると良き時代の良き空気のようなものがそこに漂ったことが忘れられぬ。

お互いに気負いや無理な言葉の会話はどこにも無く、めいめいの仕事ぶりや趣味嗜《し》好《こう》などをよく承知したつもりでつき合っているわけだから（ただこれはつもりになっているだけ）、ぎょっとするような会話はでてくるわけがなかった。

そこは銀座なのだった。東京の盛り場は世代の交代とともにゆっくりと山ノ手方面へ移動しているのは事実だったが、そういうこととは関係なく、銀座は幼い頃から親につれられて来た街、何かにつけて懐《なつ》かしい街であるという思いはみな一緒だったのではないかと思う。

短篇小説シリーズ「男《お》どき女《め》どき」の連載が「小説新潮」で始まったのは昭和五十六年七月号からで、その前に同じスタイルの「思い出トランプ」十三回連載が昭和五十六年二月号で完結したのだから、四カ月休んで直ぐ次の「男どき女どき」にかかったことになる。

「小説新潮」の編集長の川野さんと向田さんは学校も一緒で娘時代からの親友だったから、小説家としてのデビューが「小説新潮」になったことも自然のなりゆきだった。「思い出トランプ」の連載が八回ほど進んだ頃、三、四、五回の短篇で直木賞受賞が決った。

この短篇シリーズのタイトル頁《ページ》の装画カットは「思い出トランプ」が始まった時以来私が受持ち、向田さんと私との間を〆切《しめきり》に追われながら初めから最後の号まで駆け歩いてくれたのは編集部の横山さんという青年だった。

向田さんは原稿を書くのが決して早い方ではなかったから、私の手元にはいつもぎりぎりの時間に届けられることが多く、それさえ間に合わぬ時は書き出しの部分の自筆の写しと、便箋《びんせん》に走り書きの詫び状のようなものが、夜半、又は明け方私の家の郵便ポストに投げこまれているということが多かった。

この書簡類はよもやああいうことになるとは思っていなかったから、残念ながらあらかた失《な》くしてしまったがそれでも一部の遺稿は今私の手元に大切に保存してある。

装画はその号のタイトルの字づらとマッチさせて見出しの頁を飾るものだから、具体的な図柄でなくむしろ内容を象徴的に暗示するようなものをいつも考えていた。

その方が向田さんの小説にはぴったりくるようだった。

向田さんは最後の短篇小説となった昭和五十六年十月号予定の「噓《うそ》つき卵」の原稿の書き出しを八月九日に私に届け、二日後の十一日に私はイラスト原稿を横山さんに渡しているが、これが彼女と私が生前かかわり合った仕事としては最後のものとなった。それから九日後の八月二十日彼女は台北《タイペイ》に向けて東京を飛び発《た》ち、翌々二十二日台北より高雄へ向う途中事故に遭い亡《な》くなった。

「思い出トランプ」という前回の題名に較べると「男どき女どき」という題名は気のせいかちょっと暗い感じをうけた。その印象のせいかもしれぬが、今にして思うと最初の短篇の「鮒《ふな》」に使われているカットもやや暗い感じの絵になっている。

それから本書ではV章扉のカットに使われている鳩《はと》が岩山に墜落しているイラストは、連載当時は三回目の「三角波」のカットとして画いたものだが、これはそれから一カ月余りの後彼女が乗って墜落した飛行機そのものの絵と言える。アクシデントの後、自分の気持ちを整理して、どうしてそういう絵を画いたのかを思い返してみたが、何も思い当るふしというようなものは見当らず、ただ単に危険な「三角波」という小説の内容にマッチするイラストを私なりに作ったということだけのようだ。

このような不思議な符合というものは人間が生きている限りこの世にいくらでもある事なのかもしれない。ただそれを前もって感じとる能力は普通の人間には無い。

子供の頃、母親から夕暮れ時の町の辻《つじ》にはどこからともなく魔物たちが集ってきてわるさをするから早く家へ帰ってくるんだよと言われたものだが、こういうことが全くでたらめだと私は今でも思ってはいない。

何やらえたいの知れぬもの、つまり人間たちの知恵ではとても届かぬものがこの世の中にはいくらでもあって、近代文明の進歩などというものもこれにかかっては蟷螂《とうろう》の斧《おの》よりもはかない。

向田さんはすぐれた短篇小説が書ける人だから、人には見えぬものの影が見えたりすることもあるのではなかろうかと思ったりするが、それとこれとは別のことのようだった。

人はそれぞれ顔つきが違うように鋭く感じる能力もいろいろ向き向きがあるに違いない。

彼女は一見ありふれた日常生活の姿をしているえたいの知れぬやからをよく見つけられる眼を普通の人より鋭く持っていたが、えたいの知れぬ不気味な飛行機かどうかを見わけるもう一つ別の能力は持っていなかった。彼女がありふれたへっついの隙間《すきま》から人間社会の深淵《しんえん》を感じとれるくらい作家として豊かな感受性を持っていた人だっただけに惜しくてならぬ。

私は文学については全くの素人《しろうと》で何もわかっているわけではなく、殊《こと》に、自分に俳句をつくる才というものが全く無い（一生懸命つくればつくる程、変なものができる）ものだから、車谷さんたちがすとんと肩の力を抜いた姿でしゃれた句をひねり出すのにはいつも感心させられていた。しかもこれは蘊蓄《うんちく》とか豊富なボキャブラリーだけではどうにもならぬことらしいから、やはりそこらあたりは常人にはない感性の働きというようなものがあるに違いない。

向田文学の小品に初めて遇《あ》った時もややこれに似た感銘をうけたが、これも今は遠い想い出となった。

人世は夏の日の水面に忙しげに小さな弧を描く水すましのようなものかもしれぬ。それぞれ何がしかめいめいの仕事を了《お》えて、どこかへ翔《と》んで行き、いなくなってしまう。

向田さんもせっせと仕事をしてやがてどこかへ翔んでいってしまった。

悠久から見れば人が創る作品など水すましが水面にくるくると描く小さな輪のようなものかもしれぬ。

しかし人は生きている限り、たとえ偶然のめぐり合わせにせよ、出会った人々やその作品からうけた感銘というものを大切にする。それはその人の生涯の大切な宝でもある。

（昭和六十年四月、画家）